青味文丛

走过

周庆吉 / 著

中国文史出版社
CHINA CULTURAL AND HISTORICAL PRESS

图书在版编目（ＣＩＰ）数据

走过 ／ 周庆吉著． -- 北京 ：中国文史出版社，
2022.10
（青味文丛 ／ 梁永周主编）
ISBN 978-7-5205-3643-1

Ⅰ．①走… Ⅱ．①周… Ⅲ．①诗集－中国－当代
Ⅳ．① I227

中国版本图书馆 CIP 数据核字（2022）第 156279 号

责任编辑：方云虎

出版发行：中国文史出版社
社　　址：北京市海淀区西八里庄路 69 号院　邮编：100142
电　　话：010-81136606　81136602　81136603（发行部）
传　　真：010-81136655
印　　装：临沂市昱昇印刷有限公司
经　　销：全国新华书店
开　　本：32 开
印　　张：11.5
字　　数：47 千字
版　　次：2022 年 10 月北京第 1 版
印　　次：2022 年 10 月第 1 次印刷
定　　价：396.00 元（全 8 册）

自 序

　　走过暖春，走过炎夏，走过金秋，走过寒冬……

　　时间在走，它走，我也走。只是它走得比较快，快如白驹过隙，而我走得却很慢。

　　就像花开花落，每一种花都有自己的时令，开落都是一个自然的状态，花不需要考虑自己在何时开放又何时落去，花只需要等待自己的开放，在开放的时间里摇曳生姿，然后在命运的终章里安然落去。

　　人也一样，人在什么样的年纪就应当做什么样的事情。

　　本诗集收录了我近三年写的诗歌，大部分都在报纸杂志、网络媒体等平台发表过。书名定为《走过》，是经过很长时间酝酿，才最后确定下来的。第一本诗集叫《落红》，第二本叫《春泥》，这是第三本，每一本都像自己的孩子。

　　随着阅历的增长，对人生的感悟越来越深。人生就是一场聚与散的过程，每个人的起点和终点都是一样，重要的是走的过程，一路走一路遇见，或是感恩，或是感动，把这些遇见的人和事聚在一起，就构成了人的一生。

2021 年 9 月 28 日深夜

父亲的寄语

孩子，上次你回老家，听说又要出书，我感到非常高兴。你说让我帮忙写几句叮嘱的话，我觉得是一件很有意义的事，考虑了很长时间，就简单地写了下来。

首先，要学会珍惜。人生短暂，与每个人遇见都是缘分，他们或是让你明白一个道理，或是用自己的故事让你吸取教训，然后又纷纷离开，所以要懂得珍惜每一次的擦肩，珍惜你所拥有的，你才是最富有的。

其次，要学会接受。不要羡慕嫉妒别人的成就，想想那些幸运的人是如何获得幸运的，自己是否也可以。学习和成长都是一件痛苦的事情，但你不要拒绝，要学会接受一切，你学习到的东西会是你一辈子的财富。

还有，要懂得感恩。索取会让你丢掉良知和人脉，懂得付出和感恩，最后会收获的更多，与人为善，做最真实的自己。

最后，要学会坚强。人生总会有不期而遇的温暖和生生不息的希望，请一定要相信，生活坏到一定程度就会好起来的，风雨之后才能见彩虹，要做一个百折不挠、意志坚定地人。

人生如歌，或长或短，或豪放或婉约，或曲折幽深或浅显直白。我们无法把握人生的短长，或许也不能确保人生之歌精彩动人，但这并不妨碍我们去做一个奋力的歌者而让生命无憾。

周德来（作者的父亲）

2021 年 9 月 28 日

目　录

第一辑　走过

第二辑　万物生

第三辑　时间煮雨

第四辑　赶时间的人

第五辑　守望教育

第六辑　不忘初心　追梦前行

第一辑

走过一程
回首时　才发现
一直的努力经历
早已经记不起
记住的只有美好的故事
并且一个接着一个
如果一个故事
化成一滴眼泪
那整个城市也会淹没

走过

走过一程
回首时　才发现
不是所有的话都来得及倾诉
不是所有的梦都来得及实现
只好把
内疚　悔恨　感恩　祝愿
埋在心底
挥手吧，过去
挥手吧，继续

品味幸福

某一天，我已暮年
会捧着自己的诗
静坐庭前
清茶一杯，或是淡酒一盏
看花开叶落
叹尽前生和余年

太阳升起没变
月色温柔如从前
所有遇见，恍如昨天
唯有此刻悠闲
才深知千山万水已看遍

找一个样子活着

每个都在不停寻找
寻找一个自己心目中的样子
然后好好地活着

从来到世间的第一天
就开始了
并且一刻不会停留

寻找的过程
充满了曲折和兴奋
也要承受太多的痛苦和锤炼
甚至无眠

终有一天
真的走不动了
才明白
这一路的找寻
就是生活的样子
遗憾的是
早已没有了重来的机会

凉意

不知啥时秋风起
瞬间充满凉意
天蓝蓝　白云飘万里

抬起手
竟想把耀眼的光芒遮去
谈何容易　风吹过
树荫斑驳　更是亮丽
时光一直在无情地远去
留下的痕迹
让人们把美好的故事演绎

任何一样东西
得到，固然可喜
失去也无须惋惜
因为所有的东西
一旦拥有都会开始失去

秋风又吹起，绿色还在
伴着阵阵舒心的凉意

夜已沉默

案头
台灯尚未熄灭
却感觉
世界只剩下日记和我
温情做墨
在空白页上书写
记录生活中对与错
起身
关灯那一刻
却依依不舍
所有思绪瞬间成河
到底是时间的错过
还是割舍的岁月
头发白了许多
脸上也出现沟壑
我什么都不想说
辗转反侧

云一样

单纯的日子，也是最珍惜
浩瀚的世界走过
与你没有太多的关系
留下的只不过是一个影子

而遇见每件事情
你好奇的样子
眨着眼睛，说着只有自己懂的话
闹着，喊着
才是最值得庆幸的事

我用尽最美的时光来等你
岁月却悄悄地变成了诗
每次读起时
记忆就被拉回到最初的开始

我都没有勇气
再去打扰美的东西
让一切自然地来，悄悄地去
像翻腾着的紫红的朝霞
像今日的云

最美的遇见

清晨，散步间
无数次走过的路边
却没发现
这株小蘑菇
我心中瞬间一颤
有一种说不出来的感觉
迅速拿出手机
想留下一张照片

它在微风中抖着
嫩嫩的
像是被脚步声吓坏了
慌了神　无处躲闪
呆呆地看着我
我屏住呼吸
悄悄地蹲在它面前
无言

因为我看到了身边
一岁多的孩子
把手指轻轻地
放在嘟起的小嘴前
静静地看着我的眼

一觉醒来

一觉醒来
已是七小时之外
黑暗早被明亮取代
几声鸟叫
淡淡雾色伴着尘埃
从梦境中走来
一夜的战争
一夜的情怀
说服自己的
是梦中流着泪的独白

睁开眼的那一刻
疲倦袭来
心里脑里
还思索着梦中的徘徊
是对还是错呢
怎么也说不明白
不去想了
就这样静静地躺着
看着身边还在熟睡的小孩
均匀地呼吸
嘴角挂着浅浅的微笑
此刻，我已深深明白

母亲，我写诗给您

（一）我一定回去

回家
没有好的东西送您
只有几句心底话
颤抖着说给您

您的不易　儿子一直铭记
有您才有我
我是您生命的延续

我去哪里　您的牵挂就在那里
或是开心，或是哭泣
因为最想知道我消息的是您

放心吧，儿子很努力
没染上坏东西
有目标，有毅力
有您朴实的痕迹

您老了　我会常回家看您
您虽不说　我已读懂　在您眼里

我不敢再多说
因为，我要忍不住哭泣

我默默把所有的话语
写在诗歌里
在夜深人静的时侯
一遍遍地读您　一次次感动自己

（二）镜子

岁月打磨的镜子
布满了风雨　小心拭去尘埃后
看到您，或是后来的我
已老去

时间逝去　在您脸上留下痕迹
除了皱纹和白发
更多的是平静　　轻声慢语

（三）笑容

您的笑容是一切的动力
陪伴着儿女　经历风雨
一路向前　一路惦记

万物的存在
终究会变成失去
唯有您的笑容
是永远不变的
家的定义

如果你选择

如果你选择的是远方
就会感谢曾经悲伤的过往
是它让你变得如此的坚强
甩甩头冲向最初的梦想
如果你选择的是激昂
就会感谢那段沉默的时光
是它让你懂得了什么是力量
挥挥手奔向四面八方
如果你选择的是流浪
就不要在乎别人的目光
在自己的道路上走出自己的模样
勇敢地去经历雨雪和风霜
看尽世间春草绿　秋草黄
不达目的永远不放弃自己的梦想
如果你选择的是春天
就会感谢那一段段诗行
是它让我们变得浪漫
变得用足够的力量
不断地去寻找那片爱的阳光
海洋，要奔跑去远方
辉煌激荡着芬芳一路光芒
下雪了，白色的光
我们踏着耀眼的光芒
正一起寻你
在你来过的路上

晚霞

你喊我，快来
我走向窗台
你正看着晚霞惊呆
远处的窗外
黑变成红，红变成蓝
蓝又变成了白
无法言语的色彩
水墨凝聚成的晚霞
成了世上最美的爱

远方的牵挂
家中的等待
慢下来的时光
让爱泛滥成灾
今日的晚霞留不下来
而此刻的美好
什么也换不来
一起默默地看着窗外

一场战争

冬日深夜，很静
屋里只剩下烦人的秒针在走动
浅浅的灯光映在脸上
却看不清你的表情
明亮眼睛伴随着烦躁的哭声
闪烁得像星星
明明是揉眼睛　打哈欠
挠头发　抓耳朵
却哭着辗转不停
不应该是电视中演的那样
安静甜甜地入睡吗
均匀呼吸伴着幸福的笑容
进入七彩的童话梦
都不是
像是被唐僧念紧箍咒的悟空
像是闹海的哪吒
像是一匹脱缰的野马
在寻找能够安静下来的角落
我磨尽了耐心　关掉台灯
无奈地听着秒针走动
和你的哭声　我睡着了
当我醒来时，天将要明
你正趴在我的身旁

睁着大眼睛
竟然还笑出了声
好像赢了这场战争

回家过年

转瞬间已是年底冬寒
带着一年的期盼
把思念的行囊狠狠地装满
顾不上一切
满满都是幸福的画面
孩子们的笑脸
乡间集市上的百货齐全
还有熟悉乡音的寒暄
翻山越岭，乘车坐船，回家过年

思绪万千
不知何时泪花爬满了脸
已经被城市的牢笼，锁住的可怜
此刻，还有什么值得留恋
还有被琐事磨损的疲倦
何时爬上了这张不再年少的脸
这么久，才深深地明白
谁是心底最强的思念
带上她和小小她
不顾一切，回家过年

走在乡村小道的瞬间
点燃起孩时的画面

穿着新衣放着鞭，跟着父亲后面
感觉这就是天
无忧无虑，儿时的世界，充满了狂欢
还有，大大的福字把房间贴满，
也许所有的祝愿
都会许在新年来的前一天
而现在，不知何时有的变迁
让这种许愿变得如此的淡
我要去找回属于儿时的天
和满满的祝愿
不顾一切，回家过年

下车的那一刻
成了永远定格的画面
母亲满脸皱纹的笑脸
和父亲迎出来的瞬间
感觉咱还有什么可以抱怨
感觉这世界对我们如此的顾眷
感到了人生可以如此的温暖
太阳温暖地照射着地面
地面轻轻地映照蓝天
目光对视父母的瞬间

我明白了
此刻就是无边
此刻就是永远

看雪吧

梦中多少童年的记忆
开始挣扎
直到眼角溢出
晶莹剔透的雪花

冬日的温情
也无法释怀
只想奔跑着　　在雪里写下
一个个童话
每一个童话，就是一片雪花
那是对爱的表达

把生活的琐碎，怨恨
一并放下
用感恩的心和一首诗并肩坐下
等一场寒雪
我们一起看看她纯洁的样子
好吗？

孩子 别随便哭泣

是顾忌得太多 还是无所顾忌
总是委屈的哭泣
如果哭一次，就会伤一次
你还会如此放纵情绪吗？
童年哪有那么多的不如意
月儿会发芽，太阳会开花

孩子，和我一起出去走走吧，
路边的枯草等着你发芽
寒冷的风它从不怕
院子的树儿等着你长大
再大的雪，把它也压不垮
出去走走吧
还有蓝天的无瑕
还有白云飘过多多浪花

童年的美好太多
哪有时间哭泣
孩子，和我一起出去走走吧
和我说说雨下
和我说说心里话

旧时光

没有人会在乎
你是否还记得
曾经那一晚的夜色
柔软的风儿
在窗边轻轻吹着
灯光有点浑浊
闪烁着
映红了心中藏得太久
那一抹羞涩

为了那一句
脱口时的洒脱的诗意
反复琢磨
内心激烈碰撞，燃起的火
烧尽了整个月色
呼吸变得困难
慢慢地不敢再回忆那一刻

时光掀起波浪
推着白天和黑夜
走到此刻
时光旧了，你是否
还记得我说的这一切

时光旧了，你是否
想起我时
心口依旧温热

一路微笑

我一路微笑着向你走来
你不必看
我曾走过太多的泥泞

也不要感受
我曾经历的无数个黑夜
和太多的不幸

我带着微笑一直走
朝着你会出现的方向
幻想着遇见
直到快要走不动

但只要你站在那里
张开双臂
给我一个静静的拥抱
拍拍我的肩膀
就已足够

窗外的世界

（一）花开为谁

几朵花开就会把蜜蜂引来
蝴蝶也会在丛中徘徊
万朵花开就会用芬芳引爆全世界
把春天引来

静静地看着窗外
我知道花开不是因为我的到来
只不过是恰好遇见花的盛开

一月的窗外
满眼还是冷的样子
雪的到来，成了最美的期待
一次次的欺骗让人变得无奈
到底多么美的结局
才能配得上这久违的等待
我点起一支烟呆呆地看着窗外

（二）房子里的世界

温暖的房子里传出的笑声
让冬天不再全是冷的色彩

还多了一些爱

站在窗台，我们看窗外
大树正在摇它的枯枝
小草再正在深埋它的种子
我们什么也没说
这里便是最美的世界

（三）读自己

在书里享受了太多的甜言蜜语
想把学会的东西
用于生活中的点滴
这才知道
世界原来是如此坚硬无比
让我到处碰壁

于是，怀疑起自己
扔掉了所有书籍
哭泣着狠狠地睡去
却在梦里遇到了自己
正要把所有的记忆删去

我鼓起了勇气面对着梦中的自己
大声地呼喊
记忆里还有我最珍贵的东西

书籍里有我还未读懂的过去

请让我更加努力
我相信我会读懂这世界
读懂我自己

听风

（一）

冷风吹着雨来到这座城

足足两天了

没有叶子的枯枝

摇摆不停

发出咯吱咯吱声

行人怕断了

裹着大衣加快了脚步

风不依不饶

吹乱了他头发

手里提的包

冻得手疼

听着脚步声，低着头前行

（二）

敲开门，温暖的感觉

扑满了全身

灯光柔软，笑脸相迎

竟忘记了

手被风吹得痛

可口的饭菜

伴着笑声

暖化了身上的每一根神经

想把听到的冷风
还有枯枝咯吱声，说给家人听
端起酒杯，什么也没说
笑了一笑
感觉很轻松

（三）
窗外的风，仍然吹不停
拍打着窗户
想来搅乱这份安宁
我满意地笑着
窝在沙发，看着闪烁的灯
寻找着属于此刻温情
翻开一本买了好久
却一直来得及没看的诗集
竟然发现里面有好多风的身影
读遍了也没找到此刻的风

（四）
风吹得好像更猛烈
这点也让我感动
是不是要告诉我们一些事情
将要发生
我轻轻推开窗
还是雨，没看到
我以为她以为雪的踪影

风很真诚
雨也很真诚
我相信
雪也很真诚

笑着走向生活

遥远的地方
总是充满了诱惑
吸引人的，不只是迷人的景色
还有一种内心
渴望许久的挣脱

熟悉的环境没有风景
看惯和看透背后的淡定
会失去前进的勇气
于是，要经常找寻梦
去远方，静静地看风景

推开门
带上最舒服的笑容
迎着阳光
离开人群之中
去寻找内心
那一片炽热的汹涌

和你再相遇

如果某天再次相遇
要感谢经历
感谢吹过的风和淋过的雨
这样才会懂得珍惜
因为人生如戏

我们都只是
一个个小小的角色而已
和草木共生
时光为镜
慢慢地就会看清自己

如果和你再相遇
我真的没有故事可讲
只带着
曾经一起喝过的烈酒
和永远不会改变的语气

如果你愿意
我们将静静地坐在一起
举杯聊过去
抬头看温柔月色
和星光的美丽

初见

记得秋天，午后的阳光灿烂
你我遇见，在五路的这家店
微笑寒暄，却把我思绪打乱
跳动的心，让我悄悄许下诺言
此刻，好想让时间变慢
我好想就这样静静地看
静静地看，你的脸

人生最美是初见
多么美的遇见　多么美的寒暄
可惜一切都再也回不到从前
一切都成了昨天

当你离开那一天
说好了，我们还在这里说再见
而我坐在桌前　你再也没有出现

秋风把一树的美好吹散
飘落在地面
变成零星的碎片

人生最美是初见
多么美的遇见　多么美的寒暄

可惜一切
都再也回不到从前
一切都成了昨天

儿时的冬

记忆变成蝴蝶的模样
随着目光飞出玻璃窗
飞过春的百花香
飞过夏的树荫凉
飞过秋的百草黄
飞到寒风闹，雪花飘

儿时的冬
记忆中全是冷，哆嗦的印象最浓
没有空调没有暖气
没有楼房
只有一家人围在火炉旁
听着老爸豪情的演讲
好像他就在三国的战场
大战关云长
好像他就是梁山英雄
李逵、武松和宋江
光芒四射，豪气飞扬
就这样悄悄地
在我心中埋下了成为英雄的梦想

老妈话不讲
手中攥着玉米棒，

只听见玉米粒哗啦哗啦掉进了筐
装满一袋一袋的玉米粒
就是收获一年的希望
我蹲在火炉一旁
捡起已经没有玉米粒的棒
搭成了电视，搭成了高楼，
搭成了汽车的模样

儿时的冬
冷的感觉，我早已遗忘
只记得全家一起那温暖的时光
还有那度过童年的老房
和回不去的时光

儿时的冬呀
让我经常回想
因为浓浓的深情在冬里蕴藏
因为火炉的光也能照亮梦想
因为您说过
坚强就不会受伤
就能保护好心底最柔软的地方
故乡，爹和娘

角落

每个人心中
都藏着一个角落
装满了故事
用岁月层层包裹
从不与他人诉说

秋风，告诉了枯叶
枯叶飘落
雨滴，告诉了花朵
落红成河

你端着一杯酒
轻轻地告诉了我
朦胧的眼里
看到了你流着泪
脸上却带着深深的笑窝

幸福

人都一直在努力
不过，很多人
是为了周围人对他的那份满意
为了这份赞许
却忘记了为什么而努力
甚至早已
找不到了最初的自己
怎样才能幸福呢
这是永恒的话题
其实，很简单
伤心了不哭泣
生气了，却笑笑自己
不要活得像别人
而是在努力之后活得更像自己
人生起伏，有不同的遭遇
离别或团聚
一杯清茶谈论是与非
高和低
又有什么意义
能与人述说的幸福
只不过是生活的琐碎和表面的东西
其实真正的孤独
心扉除了自己，从未向他人开启

三叶草的世界

雨滴一定是
承受了太多的磨难
才有了宣泄时的畅谈
从始至终竟笑得如此灿烂
狂风伴着电闪
夜里醒来时
雨水变成了河流泛滥
淹没了
你能看到的一切
此刻，什么也看不见
看不见
鹅卵石铺满的小径
蚯蚓蜗牛
曾在上面慢慢地爬
它们藏去了哪里？
也看不见
蝴蝶，蜜蜂，小孩的玩伴
三叶草！
你藏去了哪里？
你还能呼吸吗？
你不会就这样消失吧？
小孩
已经泪流满面

小区傍晚

（一）遛娃

傍晚
天空挂着晚霞
风吹着绿色
凉爽舒适
邻居都出来遛娃

一个老太太推着一个小车
车上坐着娃
光秃秃的小脑袋
眼睛忽闪忽闪地眨
嘴里吃着手指
一根不够，吃了仨
嘴角流着哈喇

车子走得很慢
老太太只顾着和她人说话
孩子晃悠晃悠要睡着了
向前一磕头，睁开眼挣扎
向后一仰头，睁开眼挣扎

在奶奶和邻居的笑声里
慢慢地睡着了
嘴里留着哈喇

（二）战败

一群小男孩
拿着水枪冲杀
一会儿对着树木扫射
一会儿跳上花坛
一会儿匍匐在草地
嘻嘻哈哈
坏了！
射到行人了
被老爸吆喝着
牵着小手回家
这次
彻底战败了

（三）默契

夏日傍晚
小区里一老太太
手里提着一块豆腐

刚从小卖部里出来
遇见邻居老大爷
老大爷说：
今天真凉快
老太太，
看了一眼手里的豆腐说：
对，两块
于是，两个站在一起
聊了很久　很默契

堆积

把时间所给的自由
用喜爱来
一点一点慢慢堆积
让燥热的心
忘记风吹着雨季
无休无息

把汗滴化成万条思绪
在深夜里
静静地用文字勾勒
浩瀚夜空的边际
闪亮的星星
悄悄对你说的秘密
记在心里

把所有的经历慢慢堆积
等终有一天
再回头，也不会叹息
因为你会看到
每颗星星独有的美丽
与你想象的无法比拟
闪耀着
走来又远去

黄昏时分

黄昏拖着一天的疲倦
等待着夜色朦胧
坐在草坪上数星星

沿着河边慢慢行
无风无云
一切皆成倒影

弯腰捡起一块石片
打出一串水漂
不是因为无聊
而是因为一份放松

只有流水
才能洗净万里的天空
当我们低下头来
看自己的身影
便有一种
清爽和明朗的感觉
慢慢映入心中

孩子，我老了

孩子呀，我老了
我需要照顾
就像我照顾你时的样子
耐心细致，从不马虎

孩子呀，我老了
手脚发木，请别嫌弃我
就像小时候
你吃饭经常撒在衣服

孩子呀，我老了
不能走路
我也想看看高山，看看日出
就像你小时候
我骑着单车带着你，到处光顾

孩子呀，我老了
说话说不清楚
请耐心等我厘清思路
想想我当时教你说话时
一遍遍无休止地重复

虽然我老了

虽然我害怕孤独
但孩子呀，你永远住在我心中最软处
我记得你吃饭时狼吞虎咽的样子
我记得你走路时如风的样子
我记得你最爱吃的饭菜
我记得最喜欢的衣服
我还记得——

而今，我知道你们整天忙碌
你们有你们的宏伟蓝图
我知道我老了
但我不糊涂
没有时间和你唠叨，是我最大的失误
孩子呀，好好照顾自己吧
我永远会等你
在你离开家时的路

我的父亲

翻看相片泛黄，泪不禁流淌
因为我看到了你年轻时的模样
高大的身躯，英俊的脸庞
有力的大手托起我儿时的梦想

长大了，你要送我去远方
因为你不想我和你一样
把黄土地圆了又方
我走了你却暗自心伤
担心我不够坚强
你的倔强输给了送我时的目光
因为我看见你转过身擦泪的模样

性格豪爽是你给我的不可复制的力量
让我在困难面前从不绝望
不会在乎别人嘲笑的目光
我的努力　你始终记在心上
但这无情的时光，像流沙一样
把你变得如此沧桑
心痛也无法挽回丢失的时光
陪伴就成了最大的奢望

回家，放掉一切幻想

陪你走一走
寻找一下大手拉小手的时光
父亲，我泪已淌！

幸福树

早已记不清什么时候
你就立在那里
从晨光到暮色
从春暖到冬雪
年复一年
我们慢慢长大后，离开
而你始终保持着同一个样子
带着浓浓的绿意，欢迎

你见证了
太多的喜怒哀乐
你从来不言语
你经历了
多少相聚和离别
你也从来不说
也许时光赋予你的只有成长
没有时间感叹过往
或许
你一生就有一个信仰
那就是
努力活成幸福的模样

即使有一天

即使有一天
真的把梦想实现
也不要忘记
最初的困难

就像曾经很远的某个春天
一起数星星的夜晚
草有草的香气
月有月的美丽

虽然时光已走远
但寻找幸福的信念
一直向前
只不过
不再是玫瑰，微笑和酒杯
而成了
微风，阳光和海边

忽然之间

一瞬间
打翻了
能够平衡尘世的碗
流了一桌面清单
竟把写满了自责的信签
泡烂

时光渐走渐远
细数留下的可怜
到底用什么可以补填
想了一天
竟无言

还是
读一首诗吧
那是写给自己的黑暗
那是送他人的明天
静静闭上眼睛
静静地读完

看到了
流着泪的笑脸
看到了

倔强的平凡
默默地
向前，向前

绽放

（一）
是谁用一生的柔情
化作一束束烟花
在夜空中饱满绽放
是谁把千万个诺言
汇成一盏盏孔明灯
双手轻轻地捧着
放飞所有的梦

我们背靠着背
坐在月光下的长凳上
谁都不说话
静静地看着
这夜空中最美的画
回首岁月，刹那芳华
海潮般的思绪
在时光里层层堆积
当晚风轻轻吹过
瞬间融化

不必刻意记起
因为从未忘记

刚刚掠过的风
就是我最温柔的表达
烟花绽放后，光线在蔓延不消散
在眼前徘徊许久
最终在无耐的叹息声中
带着我的视线
随风飘散……飘散……

（二）

多少个故事
记载着奋斗的历史
多少个瞬间
定格成永恒的画面
在时光记忆里
不停地向前流淌

慢慢地，慢慢地
就有了一种力量
叫作势不可当
有了一种坚持
叫作寒来暑往

多少个日夜的坚守
才能铸就辉煌
多少次的酝酿

才能不惧风霜

就这样
完美破土
从容地绽放

回家

——送给离世大叔

人的一生，太过匆匆
还有很多梦想没实现
还有很多话没来得及表达
就这样不舍地离开了
您奋斗了几十载的年华
走得那样无奈
那样伤心欲绝
就连上天感动得纷纷雪下

呼吸
原本是最简单的事
现在竟变得万金难求
你眼里流着泪花
嘴里却一言也难发
看着跪在面前忏悔的儿子
你泪如雨下

在医院里，紧握儿子的手
吃力地写下两个字
"回家"
竟成了您留给我们最后的话
此刻，仿佛天塌

回家竟成了
您最渴望的表达

人的一生，短短几十年
到底能留给我们什么呢
问天，天不答
问地，地一言不发
留给了后人来评价

您善良、老实、倔强
您不善表达
您对孩子的爱
从来都是
默默地把冰山融化
静静地把火海
变成洁白的浪花

走吧，您别再牵挂
我们已经长大
走吧，请把心放下
您的叮嘱
会指引着我们勇闯天涯

回娘家

带着她和小小的她
回到生她养她的家
父母早已没有了黑发
腰身也不再挺拔
但他们迎出来时的笑容
是我见过最美的表达

喊一声妈，再喊一声爸
"我回来了"
就让他们眼里
足可以泛起浪花
因为确实很久没回家
因为爸妈确实老了

还没聊够心里话
又要离开
一袋子白菜一袋子地瓜
一袋子苹果一袋子辣椒
玉米面、花生油、椒子花
……
直到车子装不下

我知道

车子能够把这么多东西装下
但无法装下太多的牵挂
无法装下那么多温暖的话

聚会

分开很久的一群人
聚到一起
聊人生，聊梦想
聊曾经发生过的故事
原来都那么好笑
却从来没发现
或许因为
平日里很少打开心扉
很少放纵自己
或许因为
走过一程后再聊过去
不存在得与失
不存在任何利害关系
知道结果了聊过程
本身就是一种放松
聊梦想更放松
它是一种祝愿
是一种还未发生
其实
我们一起聊什么都很轻松
因为我们一起爬过墙
一起追过风
因为我们遇见了
便就是一生

晨跑

冬日的早晨，依旧寒冷
可我的心却被清晨感动
不是跑步的激情
不是假日里舒适的心情
也不是孩子睡熟的呼吸声
而是黑色中那一处橙色的红
在马路间挪动

多少人还在温暖的被窝中
你却冒着寒风为这座城市做美容
你笑容如春风
荡漾在大街小巷中

多少次车来车往
看到过你的平凡的背影
却记不清你的面孔
多少次风雨中你坚守的那份忠诚
是否能唤醒更多人的心灵

顿时，感觉身体不再寒冷
脚步带着思绪，伴着风
感觉暖暖的，很轻松
我准备好了
迎接你冉冉升起的笑容
那是大写的一座温暖的城

一个男人的眼泪

坚强和不舍
悄悄地把多年的时光藏在心底
当要离别的那一刻
化成纯洁的泪水
面对着墙独自哭泣

多久没有哭泣
因为感动和别离
万般思绪汇集
一言未出泪湿眼底

谁也无法估计那种激烈的情绪
直到有一天
你觉得无须再向别人提起
你就已经挽救了你自己

多久没有哭泣
哭得我都不敢抬头，看你
因为在再见的眼里那种情谊
在这冬日里谁都无法抗拒

哭吧，不要顾忌
把所有的故事珍藏心底
用一场别离
归零自己
哭吧，你的样子最美丽

醉了，我听你说

每次醉意朦胧
就会感慨生活的恰到
感叹人都会有如此的徒劳
响起的那一段轻轻的音乐
如烈酒般涌入胃里
那一刻，醉在心底窝
不要笑，那是我轻轻端起
永远不会放下的
一饮而过

麻醉的不只是冬雪
还有压抑长久的诉说
要不你眼中激荡的那是什么
酸楚得令我很难过
多少岁月
允许你如此轻轻诉说
多少感动
在杳无音讯后竟然可以如此洒脱

也许，你真诚的话语
从不愿意对冬天诉说些什么
就像平淡如水的日子里
感动得太多

不知到谁能理解得像我一样透彻
默默记住了深刻
痛彻心扉的承诺

因为，我看见醉后的你我
为了心中的那份完美的角色
都在努力地奔跑着、追逐着
年少或已老
都不会有丝毫差错
因为岁月只是一个概念
能奈我何
醉吧，冬日里此刻有我
岁月也从不变色

留住时光

时光如水流淌
从不停歇，从不宣扬
流到什么地方，都很难想象
或短，或长
我们怎样能看透
尘世与沧桑

谁又能留住时光？
谁又能抹平您脸上岁月雕刻的伤？
在夕阳下走一走
到景色里逛一逛
心情何尝不是一次流浪

去远方
风刮过山冈，云是原野的衣裳
慢慢地呼吸着时光
它留给我们的是阵阵清香
吸一口
就醉倒在流浪的地方
因为
时光最怕温柔的模样
更何况，我还在身旁

交点

有时候在想
每个人都有自己的方向
人来人往
但轨迹之间的交点
是我们最需要珍惜的地方
有可能擦肩一瞬
有可能相聚一段时光
有可能再见后的畅想

珍惜坐在你身旁
微笑的模样
珍惜在角落里为你精彩
拼命地鼓掌
珍惜善意的指责
让你成长

珍惜遇见的一切
包括冬至、雨露和淡雾
挣扎、风霜和破土

听，雪的声音

静静飘在夜空
伸开双臂
感受落在手心里的冰冷
如果遇见你
是前生的注定
那为什么
还要让我们彼此经受
等待的痛

记得彼此的约定
带你去看一场自由自在的雪景
风吹着雪舞动
舞动着柔美的时光
舞动着柔美的情

此刻，夜里
我们不开灯
捧着一杯热茶
静静地听，下雪的声音
想着它永远不会停
慢慢等待堆积这份情
此刻
就是永恒

晒太阳

一群经过岁月的老人
选择了面向阳光的老屋墙根
自觉地蹲成了一排
他们什么都不谈
你抽着你的旱烟
冒出青烟的影子都能看得见
还不时地咳嗽两声
惊醒了挨着打着盹的老人
蒙眬地睁开眼睛
他用粗糙的手拍了拍
衣服上沾了土和枯草
又闭上了眼睛
秋渐渐变深，天会越来越冷
老人向往岁月的阳光
一路温暖曾经的伤
他们一生追随着太阳
阳光温暖着墙根
也温暖着冷带来的孤寂

月儿，思念谁

秋天，有很多故事
月儿就是最出名的一个
因为月儿圆，人就会思念
而今，太多人为了梦想和家人
去一个遥远的城市拼搏
团圆的日子渐渐变成一种回忆的美

记得儿时的中秋夜，
一大家子人围坐在一起
透过老榆树树枝，看着明月
枝叶闪着银光
树上挂满了玉米棒
收获的喜悦挂在脸上

儿时的夜空星星特别多
我记得爷爷抽着旱烟袋
奶奶讲着故事　让我数星星
感觉她们好有学问
知道，北斗星，天王星……
还有一些胡编的名
我都不愿意听
跑着和小朋友点灯笼

记得儿时的月饼
并没有太多种
但每一种都是最喜欢的一种
一碗清水，一半月饼
在菊花的香气里渐渐入梦
看见的都是美好
值得记忆一生

越长大，家就越在思念中
偶尔回家一趟，离开又匆匆
想想盼望的眼睛
就足以让人热眶盈盈
转身离开的时候
父母早已不是我们记忆中的样子

如果你还来得及回家
请不要犹豫，放下你的手机
推掉一些无聊的聚会
陪父母聊聊天，散散步
和他们一起吃顿饭
他们就会满足得惊喜不已
如果你不能回去
无论你过得好与坏，无论你有多忙
别忘了给家里打个电话
中秋到了，让心团圆

谁能陪你今昔赏月？
谁能和你高朋满座？
谁能和你吹吹风，中秋陪你过
此时　此刻
我愿意送给你最美的月色
我希望团圆的时候有我

挣脱

小时候　多想挣脱妈妈的怀抱
一次一次摔倒
直到有一天
可以自己跑
跑到妈妈找不到

上学了　多想挣脱老师的教导
逃到河边山间嬉闹
直到天黑了
在月光里把书包弄掉
害得妈妈夜里找

工作了　多想挣脱世俗的烦躁
选择一种安静平和的情调
带着家人过一种劈柴喂马
担水种菜的日子也好
但妈妈已经变老
我想让她过得更好

躲不掉，不能逃
为了心中的那份美好
向着目标努力地奔跑
就算遇见风、冒着雨
也没有什么大不了
放心吧
担子我来挑

拿什么来纪念爱情

花季已过
画笔描写着秋色
风瑟瑟　叶飘落
夜空中
一望无尽的银河闪烁
写满了爱的承诺

爱情故事
最美的传说
从此刻
在温馨的夜里停泊
相信爱情的我们
看得泪落

泪滴穿透生活
流进心窝
在彼此温暖的目光里
开花结果

十年

因为有你
十年的时光，好像转瞬间
但在我一生中，却是永恒的经典
回想这十年，
有你的陪伴，我感慨万千
一路的艰辛，磕磕绊绊，
却用幸福铸就了永远。
让孤单的我，感到世界好温暖
感到了从未有过的依恋
感谢十年前的今天，
上天赐给我一生的缘，
从黑发到白头誓言从未改变，
不是誓言，那是一万年，甚至更久远

因为有你　我才有了家，
因为有了家，
我才有了在这世上的存在感，
感谢你，赐予我可爱的心肝，
聪明优雅胖乎乎的脸，
特别是那双对人生充满好奇的眼
她是我们生命的续延，
让我们的故事添了更多的看点，
是我们生命中最宝贵的一员

因为有你，
一路上我们相互搀扶
品味生活的苦与甜，
你没有因为你的优秀扔下我，
而我也努力地工作不给你丢脸，
无论多大的风雨，我们都能走过
因为我们在雨中一起撑着伞
伞下我们肩并着肩
阳光不再遥远，
幸福就在眼前

然而，只有我知道深深地知道，
你受过多少的为难，
看看分居的七年，
我们还有什么理由不永远
为了家，你的工作转了又转，
压力和病痛不断来纠缠
哭泣的多少个夜晚
我静静地守在你身边，默默不言
因为我慌了，感觉我的世界顿时好乱
好像一次次坠入无底的深渊
我深深地自责，我有太多的亏欠
我做得不够，甚至还差得很远
甚至我没有勇气
看你哭得撕心裂肺的脸

因为就算拿来全世界的语言
也不能把你的泪水擦干
哭泣是对过去不幸的排遣
更是对幸福生活的宣言
只要我们手相牵，心相连
就是永远

老婆！有你的陪伴，
还有什么不可以去挑战
就算输了全世界还有什么遗憾
老婆！感谢你
为了我们的幸福，
辛勤地耕耘，默默地奉献
十年不算短，但我们要的不是十年
要的是海枯石烂，
要的是天的那边
要的是永远的永远

送别

离别的驿站
充满了，目送的缠绵
眼里涌出的心酸
让初夏
也变得有些寒

拥抱在一起的不舍
心跳都能听得见
哽咽抖颤
让无情的岁月沉淀
化作最纯洁的瞬间

那一刻
我想用尽全世界声音
呐喊
我，不想走远。
咱，啥时再见？

如果，还来得及

如果
春天要离去
你会拿什么来纪念

也许
你会不舍地哭泣
就像朦朦细雨
无边无际

也许
你会翻开刚写的日记
一遍遍地读给自己
让一切的美好
留下最深的痕迹

如果，还来得及
我们就会聚在一起
书写浓浓的春意
阅读教育的意义

如果，还来得及
我想说谢谢你
谢谢过去
谢谢曾经努力的自己

遇见你，总是第一次

九年前的今天
上天让我们遇见，就注定了一生的缘
我记得第一次见你
你眯着眼，大声地哭喊
声音洪亮，响遍了医院
所有的亲人，都笑着夸赞

我记得你第一次出声笑
是因为我朗诵了为你写的诗
看着我搞怪的表情
你笑得那么香　　那么甜
全家人跟着乐翻了天

记得你坚强地迈出第一步
东倒西歪，幸好妈妈把你一把扶住
我们都笑破了肚
而你却不服输一次一次地尝试
成功的时刻，我们几乎跳跃着欢呼
逢人就夸你的付出

记得你第一次喊爸爸
我竟笑着满口答应着，默默地哭
我不是感叹我们的辛苦

而是因为我感受到了
从未感觉到的幸福

还记得你第一次背上小书包，去学校
扎着麻花辫，踏进校园的时刻
小朋友们都哭了
你却忽闪着眼睛，不知道他们为啥哭？
漫长的一天终于结束
我和妈妈一起去接你
你笑着跑过来
你没哭，我却忍不住

还记得你第一次自己穿衣服
还记得你第一次摔倒时的大哭
还记得你取得的第一个 100 分
还记得你第一次登上舞台的演出
还记得太多太多

女儿，你已经慢慢地长大
女儿，你是我最美的遇见
有了你，我什么都不会太在乎
有了你，我会更有勇气去面对残酷
我想让你遇到世界上最美的幸福

也许漫漫人生路
我们只能陪你走一程

也许困难会让你哭
但我会把你藏在我内心最深处
我会用生命小心去呵护
因为我想把所有的美好送给你
因为你是我们最昂贵的礼物
因为你是我的全部

雪莲花

雪地里一串脚印
大的在左边，小的在右侧
穿过小桥，走过树下
冰封住的河面
冻结了河水的哗哗
路边的小树好像也开满了花
一朵希望，一段年华

第一次这样送你
慢慢的时光　静静的雪花
嘎吱嘎吱的脚下
和你的笑声
印成了一幅幅甜美的画

把棉衣脱下
尽情地展示着每一个动作
柔美而优雅
梦想的种子正在发芽
也许就在雪下　也许太阳出来后
你就会看见它

因为在你眼里
我看到了一抹最纯洁的表达
坚定的羞答答
就像一朵雪莲花

您好，好久不见

偶尔一次的遇见
也一定是上天故意的安排
就像
看似毫无关系的两条直线
其实，从最开始瞬间
上天就已经策划
让我们如何的遇见

包括以什么样的身份
在什么场合遇见
遇见时的天气、氛围
甚至遇见时的心情
甚至是路边的花开
甚至是远去的站台
还有四目相对时的视线

当所有的思绪
化成一股股暖流
在眼眶里转
彼此紧紧握住双手
轻轻地说一声
"您好！朋友，好久不见"

画笔

小小的你
拿起七彩的画笔
仔细地勾勒着
大树、蓝天、春风和自己

画的大树,常年绿意
枝干伸展着臂膀,像巨伞一样
小朋友在树下乘凉
雨来了,躲藏

画的春风,四季照大地
蓝色的天空
太阳公公带着笑意
波光粼粼的湖面
冰霜没了痕迹
小朋友在水里和小鱼嬉戏

画了一个小小的自己
大大的眼睛,忽闪着童趣
自信的麻花辫扎起
在一个古老的城堡里
寻找一个叫幸福的东西

找到了画笔,就找到了
童趣,找到了自己

理发

每次去理发
感觉就像剃度
多少次曾狠心，剪掉所有的头发
轻轻闭上眼睛
听着断发的声音
想着飘落一地的琐碎

这时，总有一种感觉
像读完一本诗书
然后满足地轻轻合上
像离别时
没有泪，潇洒地转身
真舒畅，好轻松

片刻的安静，让时光停留
仿佛能听见自己的心声
整洁而干净，与世无争
仿佛又是一个驿站
马上又要启程
整装待发，充满豪情
剪过去，剪梦想
剪出美好的人生

醉意

带着小小的羞涩
走近小小的你
你眼睛里都是好奇
我笑声充满了爱意

如果每天都这样神秘
等待多久
我都愿意
更何况，掌声响起时
我看到最纯洁你

竹板
把教育的深情传递
歌声
让爱不断洋溢
这一刻如此的静谧
像花开时的神秘
像叶落时的哭泣

感觉好久没有这样努力
努力地呼吸
努力地寻找　　儿时的记忆
努力地去唤醒走失的自己
没有别的
只是希望你离开时
能带着冬的醉意

幸福的味道

（一）逃觉

也许是小小的你
想忘记所有的陈词滥调
用最纯洁的方式去迎接美好

于是，你不停地哭闹
要把坏的吓跑和美梦拥抱
要不为啥沉睡的你
嘴角挂着甜甜的微笑

（二）安静地睡

小小的你躺在两只大手里
安静地呼吸
睡得真香，无忧无虑

起伏的节奏催眠了我所有的记忆
让我感受到了
捧在手心里的幸福的味道

（三）什么都知道

饿了就吃　哭了就闹
开心了就咯咯笑
谁也阻止不了你的想要
要不咱都别睡觉
不信，走着瞧！

秋色

如果要用一种色彩
来描述秋天
诗人会写尽落叶归根
百花凋零
歌者会唱断秋风
月缺月圆和月明
画家描绘的枫叶很红
天蓝风轻

这些
都不是最美的秋色
最美的秋色是什么呢
是回家时
看到了流着汗的父母
摘下的一个个玉米
铺下的遍地情
秋色很浓
很浓

第二辑

万物生

朝霞层叠
染红了房屋，河流
甚至把淡淡的晨雾
也染红了
红得越来越浓烈
直到最完美的时刻
太阳升起

于是
我们追着太阳奔跑
才遇见了故事
有了生活
有了传说

冬天来了

季节轮换的美
就像生命一般的纯真与温柔
把所有风景和视线折叠
装进时光堡垒里
小心珍藏

满树的叶子飘零
第一次离开枝头
竟成了永不回头
它将会掩盖
冰雪中一粒树的种子
等待着发芽
等待着下一个枝繁叶茂

上苍一切的安排
怎能参透
只等出现了结果
才会恍然大悟，感慨万千
做好自己吧
在未知的人生和坚定的步伐之间
努力地去明白
冬天来了，春天也不远了

渐变的灵魂

时间如流沙
不断更新岁月成折痕
留给正在看秋色的男人
一头白发
满脸皱纹

谁真的明白
他眼中看到的色彩
还有
和那一支烟的温存
在指尖缭绕
静静地锐化了灵魂

没有飘零的低沉
更多的是秋要走了
冬要来临
阳光准备好了吗
心情准备好了吗
渐变的灵魂

晚秋

晨光熹微，凉风依旧
朝霞漫天飞舞
晚秋不是离愁
是酝酿已久的邂逅
没有了茂盛的枝头
飘零成了永久的老歌一首

阳光透过午后
把窗台上玻璃窗穿透
书桌上
一壶浓茶，一杯淡酒
日记本和 ·支钢笔已经磨旧
没有话语
独自一人静静地听着晚秋
目光变得忧愁
思绪早已飘走

过了好久，好久
茶已喝完，酒已深透
火热的心把茶酒蒸馏
变成了滚烫的泪流
滴落在空白的纸上
写下诗的开头

和叶子聊聊天

时光流逝
让我早已习惯了等待
然而
秋还是不请自来
一片叶子
对我不停地说
什么是花开
怎么才能自由自在
唯独把自己飘零的故事
深深藏在胸怀

凉风吹过
菊花满园的开
而叶子却突然变得无奈
来不及说再见
就悄悄走开
让我禁不住感慨
世间美好的东西
多得数不过来
离别的无奈
何尝不是一样真实的存在
因为
这样才是完整的世界

为枯叶立传

不知为什么
看到枯叶就会心伤
一片压着一片
飞驰的车，掀起许多
一片叶子撞在我的怀里
瞬间好痛

让我懂得了
短暂而漫长的，不是时光
而是去而不返的惆怅
和断肠的遗忘
平凡独立地活着
风一吹落下泪数行
而今
它却只好流浪

流浪要去何方
也许是天堂
或许是再来一次的幻想
也许都不是
只是人来人往
让冬雪覆盖所有的过往
化作春泥
结束没有人再记起的远方

桂花落

秋风吹，蓝天白云
一片好风光
舍不得桂花落
滴水亦成香

双眼沁满泪流不尽旧时光
多少人记住了鸟的欢唱
却忘记了花香

叹尽四季风光
又到秋草黄
静静地与月对饮
夜色已断肠

柳树的故事

春，来了
和白云一起去看你
你温柔地
把美好的故事
说了一个又一个
一会儿呵呵
一会儿泪落

轮回

漫步在秋风
凉爽的心情依然浓绿
菊花含苞
桂花扑鼻
和夜色醉在了寂静里

其实，花儿已不是主题
香或不香都可以
只盼望着
枝头上一颗颗果子
落地

然后被枯叶掩盖
被尘土封存
等待着雪下
等待着雨来
等待着下一个轮回
开启

夏日的诗

（一）风

风并不会一直都在
平静的日子
不会有风
热了一天的夜晚
也是如此幽静
让匆忙的脚步
也学会了思考人生
我们睁大眼睛
听着感动
迎着慢慢升起的风

（二）黄昏

傍晚，有几声鸟鸣
打破了平衡
孩子在银杏树下，跳不停
路人步履匆匆
说笑着，听不懂

坐在石凳上
翻看那本买了很久的书
书中讲的是：
静静地生活
静静的人生

（三）夜

夜深了
一个人独自前行
没有风，没有灯
感觉这个世界
只剩下了脚步声

心安静了
就会思考着
完成或未完成的使命
激动处
久久不能平静

（四）梦

梦，也许是另一种生
有欢笑，有放纵

没有时间观念
任何朝代
都可以随意穿行

身份也不确定
却能让你无所不能
把现实的痛磨平
把心底的话，说给世人听
梦里也有一杆正义的秤
左右着成功

（五）蝉鸣

记得小时候
夏日夜晚
一家人
坐在院里大榆树下
一卷凉席

爷爷拿着收音机
嘴里含着烟斗
奶奶手里摇着蒲扇
我躺着
听着蝉鸣，数星星

记忆中，好久没有
再看过那么亮的星星
常常想起那烟斗
想起那把蒲扇带来的风
在夜里
凉爽的，很舒服

（六）抓蚂蚱

放下
手里割草的镰刀
和玩伴
一起追蚂蚱
从狗尾巴草上
跳到水沟旁
从水沟又跳到玉米地

悄悄地走过去
慢慢伸出手
猛地向草丛中扑去
它早已无影无踪

这种遗憾
那一刻
已经变成了长在记忆里的

最值得怀念的笑声
每次一旦想起
都无比放松

（七）杏儿熟了

杏儿熟了把枝头压低
黄色竟可以如此浓郁
香气扑鼻引来的鸟儿
高兴地挑剔尝遍了枝头
竟忘记了离去
我呆呆看着你
你却毫无顾忌
要不是一声鸣笛
我也忘记了离去

（八）石榴花

火热的夏季
适时的花
娇艳妩媚的气质
暗吐芳华

站在树下

感受到的浓烈
让天空瞬间染成了红色
好想用一张照片来纪念

于是，你就成了一幅画
带在身边
留在最美的角落里

（九）麦香

一阵麦香，飘过
童年的记忆太深刻
金黄色的麦穗
藏满了父辈们辛勤的劳作

当麦粒
被父亲扬起的那一刻
满脸的笑容
早已把袋子撑破
这是幸福
这是收获

春的意义

春只是个概念
花儿才是春的主题
原以为花儿已盛开
春天就有了意义
直到遇见你
当看到你脱下隔离服
摘下口罩　剪去秀发
你疲惫的笑脸
我才深深地明白
春天真正的意义

梦想

风把梦想挂在嘴上
树把梦想刻在心里
两者在春日相遇
辩论不朽

最后是谁赢得了胜利
不知道
只看见
风，变得柔和
树，也很枝繁叶茂

秋和冬的距离

从开始到枝繁叶茂
好像用了大半个世纪
无人问津，活着像死去

而今，真的要离去
从四面八方赶来的人们
赶来赞叹你的美丽
争着和你一起
放在一个相框里

我明白，也许这一季有你
而下一季呢？
没有你世界，还会重复过去
你又会去哪里？

于是，小心把你捡起
珍藏在书里
来纪念，我们遇见后的逝去
因为
你是秋和冬最美的距离

用微笑擦亮星星

小草，冬日枯萎了
被风吹得东倒西歪
甚至只留下了根
死气沉沉，毫无生机
一个微笑，像太阳照射四方
温暖的力量融化了冬天的冰凉
融化了一成不变的伤

于是　小草也变得具有力量
甚至是疯狂
因为阳光下　它闻到了诗的芬芳
好像找到了榜样的模样
激情飞扬，热泪盈眶
一切变得无法阻挡

轻轻地推开，人生那扇窗
满满的真情扬洒在梦想的脸上
我在想渴望到底有多大的力量？

我只知道　只要枯草有根
就有绿遍世界的力量
更何况还有太阳　还有你鼓励的目光

让我们收集起满坡绿色的畅想

和青春的渴望

用微笑把一颗颗星星擦亮　　无限光芒

雪，安静地下

窗外　雪轻轻地飘落
在树枝　在草地　在河边
在沉睡的小区　在心底
雪花变成思绪　慢慢堆积
太阳出来，那一刻
全化了
爱已成河　流万里

努力

冬天
风，刺骨
撕扯小草的头发
冰雪　　掩埋残根
整个世界，黑暗无比

而你，接受
沉思着
努力策划
崛起的绿意

等一场雪来

我在等一场雪
一场好大好大的雪
覆盖整个世界
把所有的尘埃抹白
纯洁得像个小孩
奔跑着
留下一串串脚印
扭扭歪歪

我在等一场雪
一场儿时的雪
把所有对冬日的记忆
尽情地抒怀
打雪仗，堆雪人，滑雪
哪怕风如此凛冽
天也冷得厉害

我在等一场雪
站在窗前
看着外面世界
雪，不像雨那样，拍打窗台
她只会无声无息地来
又静静地离开
但给人们带来的是无边的期待
和一个纯洁的世界

雪的爱

雪，总是让人充满感慨
让人想象美好的未来
发生的每个故事
都有着一个美丽的往事
或是一段温情的对白

离开时，两个人都带着醉意
思绪混乱，朦朦胧胧
看不清，是雪还是月光
只看见曾经纯洁的模样
还有含蓄的胡乱猜

那一声再见，转身后的走开
定格了青春的无奈
抬头看着飘落的雪花
飞舞的样子
好像是明白了一直的等待
雪还是雪的样子
看雪的人，已不是曾经的你

冬的色彩

如果花开，是春的主题
那么绿色
便是夏的挚爱

如果叶落，是飞舞的秋意
那么雪白
就是冬的色彩

你用你感恩的心
温暖靠近你的人
让彼此去感受世界的美好

你用你纯真的心
平实地走过四季
让我们去寻找生命的意义

找遍了白天和黑夜
翻遍了青春岁月
都没有找到答案

当你看着飞舞的雪花
羞涩地，落在你的手心
慢慢地融化
你感觉好像懂得了一切
人生像飞舞的雪花一片

冬至

走过最漫长的黑夜
来到离太阳最近的时刻
不断赞叹
失去的太多

在时光面前
才知道生命是这般脆弱
记得很久以前的这天
也曾写过错过
也曾写过失落

却都不能描绘不出
时间的分割
我觉得这一时刻
不是黑对白的一种妥协
而是黑对白最真的承诺
才把日子完美续接

那拿什么来纪念
这美妙的时刻
除了饺子，除了历史
还有诗歌

朦胧的雨

雾，笼罩
空气好像凝固了
努力睁开眼睛
用力呼吸
想把雾、梦、还有雨
分清

结果
一切都是徒劳
雾弥漫
梦更变换
雨伴着风缠绵
在一直不停地呼喊
竟变得如此贪婪

冬天
就算听不见呼喊
这些也是必须存在的今天
当一切看淡
才明白事物间的关联
冬天就不会远
听窗外，风刮着
没有怨言
雾，渐渐地飘散

落叶

（一）

在枝头徘徊许久
把天空看透
纵身一跃了结了一季的情仇

落地时才懂得平淡才是追求
重要的不是要什么
而是能够选择不要什么

风起了　树像往常一样
不停地摇呀摇
叶子，不见了

（二）

如果秋风不来
你是否还记得　　那次雨中徘徊
你说过你的离开
是有一种不舍的情怀
或者是依赖

所有的一切
都逃不过命运的安排
静静的无奈，感染了世界
风不来了，雨在
飘落的时刻
你才肯，流着泪释怀

主题

秋风招惹了雨
除了欣喜，注定还有孤寂
当霜铺天盖地
就会彻底明白伤的含义
枯叶纷飞成诗意
虽只有一句
却道尽千言万语
冷，将会成为
接下来的主题
风起，满满寒意

交替

秋天离去
所有花儿为之哭泣
枯叶遍地
寒风扫来扫去
竭尽全力
给冬天一个整洁的开启
然而　冬天并不满意
正努力酝酿
用一场雪白来铺天盖地
完成最美的交替

一场秋雨

一场秋雨带来的消息
铺天盖地
刷新着目所能及
树叶用泛黄的诚意
告别过去
而竹林里的鸟儿又会飞向哪里
不管飞往何地
我相信都会带着笑意
因为所有经历的思绪
都充满着爱的点滴

一片叶落，一句花语
一边阅读世界
一边静静地读自己
慢慢地就会明白
秋风存在的道理
秋雨带来的意义

秋风总是在别人的目光中远行
而又会用秋雨送他人离去
就像在今天的夜里
世界将会慢慢地睡去
而落叶划过的痕迹
被深深地写在雨后的诗里

叶落成灾

秋日　叶落成灾
不争的它却成了世界的主宰
翻开茂密
看到无边的花海
静静地怒放
悄悄地把香囊打开
蝴蝶来了，蜜蜂还没走开
争先告诉你
什么才是最美的等待
你看到了吗？花开

雨后的天蓝

一阵急雨突来
冲刷掉了弥漫在空气中的尘埃
雨后的天比大海还蓝
并且汹涌澎湃

天空成了大海
白云就变成浪花朵朵开
散步慢点
等着太阳出来
照明这么
干净的世界

秋风诉

不知啥时秋风起
瞬间充满凉意
天蓝蓝的，白云飘万里

抬起手
竟想把耀眼的光芒遮去
谈何容易，风吹过
树荫斑驳，更是亮丽

时光一直在无情的远去
留下的痕迹
让人们把美好的故事演绎

任何一样东西
得到，固然可喜
失去也无须惋惜
因为所有的东西
一旦拥有都会开始失去

秋风又吹起
绿色还在
伴着阵阵凉意

花儿开得娇艳

花儿开得娇艳
欣赏的目光流连
谁真的懂它
含苞待放在风雨中数天
直到绽放一瞬间
用尽全部呐喊
惊醒了蝴蝶
蜜蜂也听得见

其实幸福
有时真的不太远
只不过
往往存在别人眼里
自己却很少察觉
或者感觉不明显
就像看到了
阳光下
花儿挣扎后
开得如此娇艳

一粒沙

人像风中的一粒沙
吹起 ， 又落下
时而在河边
偶尔在树下

在有限的生命里
不断体验着多种生活
到头来
却只会把本应该多彩的日子
机械重复地过

其实，在充满阳光的世界里
真的没有经历过真正沧桑
却还是不经意间
失守了最后一点少年张狂
变得麻木而无趣

也许，最普通的你
早已埋没在人群中
平平淡淡地走着
和有你的岁月慢慢告别
但你却过着
最需要耐心的日子
小心翼翼地做一粒沙吧
无论去海角还是天涯

一片枯叶

翻开一本书，破旧不堪
不经意翻阅
和一片枯叶遇见
早就没有了绿色的影子
而淡淡的香气　　依然

是谁把它轻轻地夹在书间
让诗文把它吸干
使脉络清晰可见
又是谁悄悄地把它摘下
一定是想
留住美好的瞬间

微风吹拂着河岸
树枝的柔软
让叶子更是绿得饱满
他和她慢慢地走着
谈着过去　　当下和明天

累了，坐下
一起翻开这本书卷
用一片叶子
把所有的空白填满
包括时光的久远
包括多年后和我的遇见

雨后最美的花

一场铺天盖地挣扎
不知打落了多少鲜花
伴着流水远去的
不只是落红
还有我们无奈的泪花

卷着裤腿，赤着脚丫
站起又弯下
清理着堵塞
让一切变得通达
包括雨水　落红
还有无边无际嘈杂

累了，转过身
汗水和雨水
在微笑的脸上留下
您转身那一刻
定格成了夏日雨后
最美的花

喜欢今日的风

不想故作深沉
只是想活得真实
像无拘无束的云朵
像自由自在的风
吹过麦田
吹过年轻时走过的背影

我喜欢今日的风
就像喜欢
那一段段逝去的曾经
清爽的感觉
让思念油然而生

一缕缕麦香
一场场梦景
还有今日吹过的风

最后一朵蔷薇

满墙的花开
只剩下最后一朵蔷薇
那里有过无限的美
也有太多的不可挽回

花开正艳时
我不知为啥会流泪
当剩下这一朵时
我感觉像是犯了罪

也许是因为遗憾
没来得及闻一闻她的香味
也许是因为短暂
仿佛是一场宿醉
一种被掏空的滋味

晚风轻轻吹
霞光被夜色变黑
一切都在
只是好像不见了
昨日留下的泪
和最后的那一支蔷薇

漂泊的云

絮如雪
集结成云，一朵朵
随风，漂泊
错过了，预设的结果
黯然泪落

当把苦涩一饮而下
悲伤决堤，苦涩没落
一泻千里
夜就成了，无法超越的河

如果，注定了一生漂泊
就要学会沉默
要知道，哪里才是港湾
哪里才有温柔的感觉
风儿追逐着云儿
渐渐染成了夏的颜色

柳絮

你悄悄地
从春天的角落走过
看了一路花开花落
春风又起时
柳絮朵朵
阳光下
你就变成了洁白的雪
飞舞着
在满目绿色的大地上
找一处着落
用一季或更长的时光
盼着归人
自己却渐渐地成了过客

春的温柔

风儿来了
暖暖地吹到了心头
柳枝舞动

阳光洒下　轻轻落在后背和肩头
湖面泛起闪动的光

花儿开了　草儿绿了
你感到了什么？
春的温柔

蒲公英

墙院，静静的风
吹到角落里
春意正浓
花开满了眼睛
草绿了天空

红的似火
粉的如虹
白得像雪一样浓
叶子折射着阳光
闪耀着
像一颗颗夜空里的星星

我屏住呼吸
仔细地看着这一切
目光投向
一朵朵要放飞的蒲公英
因为它
播种随风
未知而坚定
因为它
能够从容面对偶然的发生

灯光

灯亮着就会驱走黑暗
灯灭了
除了让黑暗更黑暗
就是比亮着更灿烂

花开时节

一场春风说梦
梦醒时
绿意甚浓
笑而不语远看
青草地上追逐的儿童

阳光伴着柔风
舞动不停
阵阵青草香气
回味无穷

绿色覆盖了一切
留下一片激情
人心用什么覆盖
此时花开正浓

春光

红旗在蓝天中飘扬
是我们看到最美的景象
站在离天空更近的地方
尽情欣赏着
校园里暖暖的春光

泛黄的柳条
翠竹疯狂地生长
满园的桂花
师生幸福的脸庞
这里是最美的地方
不论春夏秋冬，这里万物生长

影子

仔细看，影子周围
都有一条金色的边
能分开，黑与白
却分不开你和我

我是你的影子
却不知道你是谁
于是，我紧紧跟随
寒来暑往
哪怕夜再黑
只要有光我就在

春雾

起身，推开窗
春雾朦胧　恰似昨晚的梦境
分不清远和近　暗与明
忽隐忽现中
用宽容等待着
一种阳光洒下的温情
我知道
如果没有一颗足够宽容的心
就不会看到
春光明媚的万物峥嵘

冬离开

冬要离开　带着不舍的情怀
把泪水变成了雪花　一片片地落下来

直到漫山遍野　泛滥成灾
每一片都是记载着它的爱

是谁让它离开？
难道是春赶着要来？
雪，悄悄地化了
它将会送给我们一个
枝繁叶茂的世界

春的开始

暖暖的春风
它，不是春的开始

泉水的叮咚
它，不是春的开始

柳枝绿了
它，也不是春的开始

到底是什么呢？

是清澈见底的泉水里
小鱼游动

是柔软的柳条编织成帽子
戴在孩子们的头上嬉闹

是十里春风里
传来的
你温暖的笑

春天就这样开始了

或许，你还没来得及
欣赏雪的美丽
就已经悄悄地
错过了冬季

或许，你还没来得及
找到再出发的勇气
就静静地迎来了春季

新的转机与过去别离
却用微笑留下痕迹
没有遮拦的夜空
斗转星移
挂满了对未来的毫无顾忌

春天就这样开始了
带着满满的笑意
春天是从冬天开始的
把酝酿一冬的策划崛起
便诞生了
最美的下一个花季

满目阳光

树叶飘散后　撒落一地的忧伤
寒风扫过一片苍凉

幸亏雪来了　盖住了所有的痕迹
把枯叶化成春泥
牢牢地和根在一起酝酿
酝酿一场不可想象的辉煌

于是　静静地守望
等待着下一个晴朗
到那时一定会是枝繁叶茂
满目阳光

记得，有冬天来过

冷傲　孤独　残酷杀戮
遍地飘落的罪过
枯萎了秋的落寞
狂风卷着无奈到处闪躲
撕心裂肺的哭声把夜的寂静打破
朝霞　晨光依旧
醒来的一刻
不忍到窗前悲叹剩下的惨烈

我深深吸口气
只记得，有冬天来过

把歌声还给鸟儿

一只鸟儿
被琅琅的书声引来
啪打着翅膀
真的可爱

听得太认真
兴奋得忘记了自己的存在
一头撞到明亮的窗上
书声停下的一刻
这里充满了浓浓的爱

血止住了，泪流出来
感动的不仅仅是
搭建的精致窝
还有孩子们那份纯真的关怀

一夜的思考，我要坚强起来
笑着看明天的世界
等到朝霞盛开
我会用最美的歌声
唱出我的爱

向暖而生

漂亮的外表，是上帝所赠
与你的努力无关
它会随着岁月而流逝
就像花儿怒放后的无人问津
唯有智慧不老，还会新生

冬天的寒风，吹得硬生生
让花儿叶儿无踪
藏在地下默默地念着心经
不生不灭，不垢不净，不减不增
待到，听见春风，
就会蠢蠢欲动，一切皆能重生

穿过人生的春夏秋冬
站在明亮的光芒里
让不再年轻的自己努力发声
因为只要自己选择了一个方向
这世界就会悄悄地
为你送来一片晴空

你会脱掉盔甲，穿上长袍
乘着风，向着阳光驰骋

孩子的四季

蝴蝶、冰棒
落叶、雪球
是孩子的四季

蝴蝶
被追得藏在花丛
不见了踪影

卖冰棒人
是最受喜欢的人
叫卖声是最美的歌声

落叶成了书签
文字有了香气

雪球成了最好的玩具
让冬天充满温暖

孩子的四季
充满了回忆

萤火虫

你我，来自不同
但有着同一个梦
就是要把陪伴孩子的这段路程照明

用书声唤醒心灵
用歌声响彻夜空
我们每个人都想成为一颗星星
让夜里的人把路看得更清

倘若，做不成星星
我们愿意变成萤火虫
在夜里，忽暗忽明
让小小的心灵擦亮眼睛
在未知的前程摸索前行

夜

夜是黑色的世界
灯火却将这世界变得更黑
只有
转过身
看见的才都是光亮

起风了

风，一夜拍打着窗
静静灯光里
传来缕缕书香
厚厚的镜片
投放在泛黄的纸上
每一段文字
都刻着梦想

也许，寒冷
只不过是一段过往
就像秋风吹落，满地的伤
谁又会记起
曾经它在枝头飘扬时的风光
哪怕曾如此地接近阳光
也逃离不了
化成泥的断肠

小心地捡起
轻轻地贴在纸上
留下它最后的芬芳
变成书签
夹在诗集里
和所有的往事一起珍藏

根雕

地下深埋很久
没有人在意
哪怕枝繁叶茂
又或落叶飘飘

终于有一天
被人从地下挖出
打磨后
摆上了桌台
瞬间就绽放出独特的风采

也许你赞叹
它托举绿色的世界
也许你感叹
它在黑暗中默默地坚守
我深深地明白
它是读不懂的最美世界

一场铺天盖地的雨

夜里，电闪雷鸣
风吼着，雨拍打着窗
害怕得不敢看
把帘拉上

而雷声罩不住
让人一阵一阵的心慌
目光再也无法留在书上
思绪跑到远方

朋友圈里
到处都是雨的猖狂
雨滴变成洪水
淹没了道路，要流去何方？
还带着愤怒和悲伤

不知不觉已天亮
拉帘，推开窗，淡雾萦绕
天变得凉爽
雨的疯狂，只不过冲刷着
夏不舍得时光
因为我知道：秋来了

雾的改变

或许是老天为了给你想象的空间
特意做场景铺垫
或是为你思考做了氛围的渲染
也许你是太过迟钝
你想了很久还没想明白
所有事情的来源
你看你，喘不透气，睁不开眼
云山雾罩，朦朦胧胧

尘世如烟，一站又一站
一会儿狂癫，一会儿无言
欢乐和抱怨，失去和期盼
已经没有谁看得见
只因为
雾罩住了全世界的眼
口罩成了复制的脸
于是
寒暄变成滑稽的表演

一切都变得陌生，变得平淡
一切又是那么伤心
那么的遗憾
估计当消失一切后的还原

笑一笑　我就成了你的从前
你却学会了粘贴的寒暄
还有复制陌生的脸

冰冷的夜

如果冬是冰冷的夜
风吹月，路灯闪烁
是否看见曾经的你我
在熟悉的街道走过
你在左边，我在右侧
仿佛那一刻
全世界都已凝结
慢慢的时光，慢慢的夜

如果冬是冰冷的夜
一壶老酒，好友几人对坐
你真诚地把心拿出来的时刻
我已默默地许诺
如果有来世，做兄弟如何？
青春年少时义气
曾经温暖过多少个孤独的夜
慢慢的时光，纯真的岁月

如果冬是冰冷的夜
点一盏灯，诗书翻看几页
偶尔写写几句心得
不是为了什么
只想静静地感动自我

站起身的时刻
窗外晨光闪烁
慢慢的时光，独享的自我

如果冬是冰冷的夜
用什么来感谢
曾经还算努力的岁月
让我有了现在幸福的生活

慢慢地我明白了
冬就是冰冷的夜
而我会用赤诚的心
去爱着周围的一切
包括亲人、朋友
还有失去的青春
还有冬天的夜色

融化

漫天飞舞的浪漫
飘尽了整个冬天
落幕后的瞬间变成一地的眷恋

河流、山川、大地和草原
仿佛整个世界被锁绊
冰封住了双眼　冻结了昨天

你看扬起的铁锹和满头的汗
你看舞动的扫帚　还有不停地喘
顿时，我觉得今年的冬天
真的好温暖

因为我看见了一群笑脸
正温暖着，每一个孩子的童年
如汩汩暖流
把百花园浇灌
把梦想擦得更蓝

因为我看见了
年轻的心相连
我看见彼此相对的视线
此刻我明白了
只有用温情
才能融化一季的寒
才能看到下一个春天

叶子你要去哪

风吹过，它无处闪躲
在角落，在沟壑
消失在你的视线
却留在我的心窝

曾经绿树成荫
全世界都是你的颜色
而现在
只剩下，腋下的鸟窝
哆哆嗦嗦

是什么造成了这一切？
是时光逝去的依依不舍
是沉淀下来后
对梦想更细的雕刻

也许都不是，它只想
深深地埋下所有的寄托
来实现漫山遍野的绿色
和不一样的自我

独享夜色

独享夜色
有点舍不得
树影婆娑，和我的影子一起闪烁
落叶也没闲着
翻滚着
去找睡觉的角落
三个一群，两个一伙

我目所能及的一切
都成了墨绿色
唯独怒放的菊花
静静的样子吸引着我
我悄悄地走近
弯下腰的时刻
它还羞涩地闪躲

我不忍心和它多说
恐怕声音打破这美丽的夜色
只想用心感受此刻
静静的我仿佛一会儿变成了花朵
一会儿也变成了落叶
在这秋风里
深深地醉了，迷失了自我

一叶知秋

是散步，还是享受孤独
鹅卵石小路延伸到竹林远处

一片叶子的故事　你是否清楚
清晰脉络是秋的全部

我像是没了叶子的树
摇晃着离别　听着秋的哭诉

鸟窝，最美的画

它很小　却很温暖
它很大　是小鸟的家
里面有爸爸妈妈

它很脆弱
用枯枝和败叶　搭在树杈
它很坚强　不怕风吹和雨打

它很丑陋　像蓬松的头发
它很美丽　是冬日里最美的画

注：作者之女，周千画9岁时偶得，记录为念

明天

明天是个概念　是无可超越的界限
有着无穷的看点
或者是大雨磅礴　或者是惊喜不断
或者是肝肠寸断　或者是幸福无边

不管你对今天怎样的留恋
今天故事明天不会重演
因为
云，不是昨日的云
风，不是此刻的风
你，也已不是昨日的你

然而，我们现在做的一切
都是为了明天
其实，明天并不遥远
无须，再度许下誓言
因为，看到了你踏实的步伐
坚强的脸

正如这秋日里
绿意犹在，枫叶还在舒展
清晨可以看看白云蓝天
当所有的一切变成一片飞舞的枯叶

飘落到你的身边
这才是明天的开端

第三辑

时间煮雨

世界万物都有自己的季节
爱也一样
明亮的窗外　漂浮的云
都在最美年华里奔忙
悄悄地
就把爱变成了平常

秋还未凉
思绪却激荡
记忆不停地掀起一场一场波浪

冲刷着东方
让爱一直追随着太阳
心的流浪，不是去远方
而是把最珍贵的部分珍藏
然后用双手
静静地把眼睛遮挡
蹲下来
用真诚的心去守望

秋日的梦

每个人
都有一个秋日的梦
怕失去
又怕收获得太少
于是选择用尽所有的想象
来描述未知

结果，淡雾不是
枫红也不是
转遍了力所能及
也没找到
于是，选择一段时光
坐下
静静地反思

一片叶子落下
让我明白了所有的道理
懂得了
过去与未知的差距
就像秋日的梦里

听到

听到窗外树叶瑟瑟发抖
听到微弱的虫鸣
我觉得书中的文字
仿佛被全部掏空
只留剩下一页空白
等待着秋风
把它涂抹成枫叶的红
和蓝蓝的天空

我牵着你的手
慢慢地行走在里面
用脚步串联
形成的文字
便成了一首最美的诗
阳光、树影
淡淡的秋风
还有你认真而又开心的笑声

珍惜

一段故事被秋风悄悄记起
一不小心被吹散在天际
飘落大地的那一刻
便有了花开的过去

到底什么最值得珍惜
我觉得就是今日的云朵
还有十八岁的年纪

独坐

秋色
把大地惹火
思绪成河
被灼热
化成了云朵
舞动蓝天

漂浮的故事
又和谁说
未语
泪光却已闪烁
静静举着杯
独坐

秋的故事多

时光慢慢流淌
岁月藏在故事里诉说
不断酝酿
渐渐把往事变成了老酒
越陈越香

静谧的季节
无须浓妆艳抹
就早已露出美色
金黄的麦田
浓郁的香果
蓝天白云花儿朵朵

清爽的秋风吹过
竹林里鸟儿唱着熟悉的歌
迎接着晚霞
夜空的星星
像一群懂爱的人激情闪烁
温柔地共享夜色

偶然

偶然发现
你变成了一朵
秋日傍晚的云
漂浮在触手可及的地方
像山峦
像巨浪滔天
成了仰视的焦点

偶然发现
我也变成了一朵云
跟着你一路奔跑
去海岸
去天边滚翻
成了风一样的少年

渐渐地
由浓变淡
由模糊变成了透明
蓝蓝的底色
渐渐凸显
一切变得简单
天还是天
云却已悄悄走远

秋日晚霞

晚霞染红了天边
溅起的色彩
让小城变得格外娇艳
雨后的落寞
是期盼，还是思念
曾几何时　独自站在窗台徘徊
把心中的每一个角落
思量一遍又一遍

傍晚的日落
云朵也变得那么的柔软
从世间抽离出的光线
把雨后的彩虹描绘出了新的概念
静谧的傍晚
不只有云霞、落日
还有此时你和我都不曾言语的诉说

霞光默默地留下的温热
那是雨对秋最初的承诺
瞬间成就了最好的自我
就算暗了下来　那又如何
至少还有静静的夜色
一切都被感染得太多太多
风儿，更温情了
水，也更柔美了

等待

一直以为等待
是星光 是浩瀚 是花开
是晚霞的事
也一直认为等待
是妥协 是冷漠 是无奈
是叶落的事

其实等待 有时不需要答案
而是找一个说服自己的理由
让自己的事由时间来做最好的安排

等待有时让你忽然明白
即便翻越高山大海
即便等到一场花开
如果对自己不了解
那也是一场无奈

高山不语，巍峨是它的等待
日月不语，厚重是它的等待
等待
不是消极的尘埃
而是抓紧岁月的希望
是镇静的心态

是引领思索的方向
当等待化成梦醒时的清响
我会笑着看阳光

留白

总有一场雨
能够冲走散落的尘埃
让这匆忙的世界
有了片刻宁静的色彩

翻阅日记中
写过的竭尽全力的无奈
这一刻，才明白
时间给你的留白

思绪慢慢地打开
花有花的世界
水有水的情怀
每个人都有努力的现在

月色

月儿
黑夜无法吞没
才肯衬托
明亮
而底色柔和

粽香为谁

六月充满了感恩
用深夜的思念化作吟唱　壮烈而凄凉
一晃已是千年以后的模样
听见的人昂着首　风吹着衣裳
像你一样，面对着绝望
和整个世界一起奔向汨罗江

在记忆里深沉地寻找
长路漫漫　上下求索的目光
粽儿飘香　后人用假期静思过往
到处弥漫着忧伤
因为那是用粽叶捆绑的心脏
从撕裂的肺腑里传出的哀伤
因为那是诗人留下的最后吟唱的悲壮

雄黄酒更加浓烈
菖蒲端上书桌那一刻
仿佛看见你用一把长剑
绝情地斩断优美的音律
让千年的过往荡气回肠

粽子香，你为谁尝？　记住粽香，记住过往
记住纵身一跃的模样

因为时光才是真正的伤
它会带走所有的畅想
真正留下的东西才最香

自由地生

雨后，凉爽的风
抚平夏的躁动　绿色更浓
蔓延直至纯洁的心灵

世界静下来的一刻　忘记今生
只想慢慢地蹲下来
仔细地看一棵草自由地生

草的香气带着儿时泥土的味道
弥漫成风
在想什么呢
来世还是今生　抑或时光匆匆

分界线

离开和到来总是同时发生
春，走得匆匆
夏，来得轻轻
落红储存一季的深情
谁能懂
飘落时天却动了容
一阵暖风一场雨浓
就把所有的一切划清

与影子对话

天气温热，春风柔软
悄悄地躲在树下与影子交谈
才知道，身体和灵魂
一直在旋涡里不停地转
只不过是时光淡化了誓言
曾尝试着把世界的角落寻遍
却怎么也找不出一个自己像样的从前
经历的过往
慢慢地像枯叶一样腐烂
化成尘埃飘散
再也不能相见

昨夜

狂风侵袭　怒吼整个夜晚
万物一定无眠
摇曳的树会很疲倦
破土嫩芽面对人生第一场灾难
会心惊胆战
还有盛开的花儿
它会怎么办
而清晨醒来时
一切都未变
好像草更绿，花更艳
朝霞更灿烂

原来是梦一场

时光，是无情的伤
让大树落叶，草儿泛黄
花儿不再开放
时光，是滔天的浪
卷走了年轻俊俏的脸庞
掀翻了挺拔的身躯和有力的臂膀
跌跌撞撞地成长
慢慢地已经记不清
最初的模样

想去远方流浪
一个人躺在海边
大大的岩石上
听着海浪，拍打的忧伤
听着海风轻轻地低唱
目光随着鸟儿飞翔
一会儿在海面，一会儿在云上

任阳光洒落在身上
温暖地进入了梦乡
不知睡了多久
醒来时，发现正躺在沙发上
手里捧着一本诗集
叫"去远方"

因为不再年轻

因为和你同行
让我记住了这边的风景
积极奔跑的溪水
还有此刻的风

因为和你约定
让我时刻不忘努力前行
哪怕风吹打着脸
哪怕刺痛每根神经

因为我们都不再年轻
还有什么不可以发生
还有多少时光
无情地变成复制的曾经

留下的真情
能锤炼成每个深夜孤独的背影
看着月明
流着泪在日记本上
写下我们的心声
哦，那是没有回声的永恒

天冷，心暖

蓝蓝的天在寒风中更蓝
就像海水像碧潭
阳光洒在湖面一闪一闪
像星星像鳞片

风吹过　树枝不再柔软
干枯的挺直在湖边
几只麻雀叫着　显得不再孤单
鸟窝在风中发颤
等待着暖阳　盼望着春天

如果把冬日分成几段
或是朝霞耀眼　或是暖阳依恋
或是夕阳无限
每一段都当作一个纪念
让温情的故事铭记心间

寒风打开了冬帘
雪花飘舞就是冬季最炫章篇
等到冰霜化成汩汩清泉
就会看见下一个春天的笑脸

到时　我会怀念冬日的所见
点滴恩情成了人生遇见美好的铺垫
我没有叹气　昂起头看见
天冷　心暖

界限

年龄从来不是界限
除非你执意拿来，把自己为难
呼喊还是留恋
捡起一片枯叶，折成一个笑脸
就可以让冬日温暖

更何况，在时光长河里
人生短得可怜
来不及珍惜，便成了永远
到时候，谁来纪念
你又会记起时光中的哪一段

所有的开始就是在于
你有了要做事的意念
开始学着做个快乐而温柔
善良而耐心的人吧
这样，你便会发现
每一棵树，每一朵云都很美丽
每一段时光，每一次寒暄
都是不可重复的遇见

不愿想起

夏去秋来之际
用一场场雨，展开拉锯
知了在最后嘶叫
蛙声有气无力地聒噪
往事随着风儿
跟着脚步
围着小径一圈圈地绕
一次次弹落的烟灰
往事燃不掉
就像晚风吹着路灯
不停地闪耀
其实，最后自己才明了
往事从来不会忘记
只是不愿再提起
静静地走，静静的自己

很坚强

都怪我
轻轻地
拍了拍你的肩膀

你憋了
好久的坚强
顷刻流淌

都有开始

太阳升起是一天的开始
灯光初上是夜晚的开始
冰雪融化是春天的开始
枯叶纷飞是秋天的开始
夏也有夏的开始
冬也有冬的开始
生命有生命的开始
万物皆有开始

那成功的开始是什么呢？
我觉得
当你不再渴望成功
只是努力去做
当你不再追求空泛的成长
开始修养自己的性情
你成功人生
也许才真正开始

当你不为了得失而悲喜
当你没有了抱怨
懂得了感恩
当你尊重一切的开始和结束
当你认真地开始每一天
努力地生活
我觉得再晚都是开始

明暗之间

增加或者减少一分
感觉都不完美
亮的温柔与暗的幽静
交织在一起
呈现给我们思维的力量
无限而深邃

之所以喜欢这种感觉
风儿给说的够多
如何把冷和热调和
如何让花儿的香气
弥漫成河
让闻到的人们忘记自我

之所以喜欢这种感觉
云儿经常告诉我
如何把朝霞变成晚霞
如何将乌云变成彩虹
让人们短暂地忘掉一切
看到更多美的景色

风云变幻莫测
留给我们思考的太多

才能珍惜明与暗的交接
了解自己
如何才能勇敢地生活

一段有风和雨的时光

走了好久
路还是没有尽头
并且好像变得更难走
唱了好久
你也不曾片刻停留
好像永远不会再转头
风来了
雨会倾盆地流
没有伞的你独自行走
冰凉的雨水
把你炽热的心浇透
再度唤醒
已沉睡很久的追求
渐渐地便会明白
总有一段难熬的岁月
会成为你
怀疑自我的理由
只有当你放下一切
再经历更多一点
便会发现
这才是真正的生活
才会明白
什么叫追求

折痕

天空有了折痕
于是看见了雨滴成线
把视野分成了无数个愤怒
然后汇成疯狂的河
吞噬汽车和行人

大海有了折痕
便会掀起滔天巨浪
撞击着岸边的岩石
激起的浪　像饿狼一样呼啸着
吓走了沙滩上散步的姑娘

风有了折痕
就没有了春天温柔的模样
变成了刺激的凉
疯婆子一样
狂乱地抓着行人的衣裳
祈求的不是更多的施舍
还有希望

也许什么都会有折痕
但有了痕迹就很难回到最初的模样
包括感情　友情和梦想

我呆呆地看着手中泛黄的照片
轻轻擦拭着折痕
思绪万千

走进雨季

窗外响起的雷声
用一阵阵磅礴的雨
把夏天唤醒

知了不停的叫声
越来越让人听不懂
欢乐或是悲痛
已没有明显区分

刺进树干里的神经
已经扎根最深的地层
慢慢地吮吸着
滋润生命的过程

有时候渐渐地懂
还不如最初的陌生
没有顾忌
唯有真诚才能表达心声

就像此刻
窗外的雷鸣
大雨磅礴的天空
快，用心静静地听
才会懂

在这个年纪

时光如流水
转瞬到了这个年纪
饮一杯烈酒，慢慢体味
才明白有太多的瞬间
必须牢记
有太多的东西
也可以忘记

在这个年纪
要把一座座山，默默扛起
把一条条河，坚强地跨过去
就会渐渐悟到真谛
自己的责任自己担
累了左肩换右肩

在这个年纪
虽不会像孩子一样哭泣
但可以落泪伴着笑意
在这个年纪
虽少了豪言壮语
但初心从未忘记
向着目标一致在努力
因为
我们正处在这个年纪

等候

为了一个未知的等候
我和所有的日子握手
认真地看朝霞雨露
真诚地把月光守候

就这样，日复一日
不知道我在风中等了多久
不知为啥经常笑着泪流
想起过往
就想和月光痛饮三杯酒

就这样，夏终于来了
风在怒吼
热浪拍打着时光的胸口
在夜里摇晃着
是谁牵着你的手
慢慢地走

我担心，再长的路
恐怕也不够
因为此刻没有了噪杂
没有了借口
只有静静的时光
悄悄地流

梦幻

有多少梦幻如风
刮走了阴雨和天晴
甚至月亮和星星
留下的伤痛
刻在了柔软的记忆中
风一吹，隐隐作痛

有多少梦幻已成泡影
太阳下，七彩的破裂
谁又会懂
而我，渐渐明白
打破的不只是一个梦
还有前世和今生

风吹着泡影，我追着风
想让它还我一个最初的梦
让我悄悄地走进去
看看事情的发生
要不如何才能把岁月留白磨平
如何才能真实地走过人生

夜深人静

夜深人静　偶尔听到远处的车鸣
一道光闪像是夜空划过的流星
思绪飘到了孩时故乡的夜景
静静的风　月光如水
婆娑斑斓的树影夜色在流动

往事如电影一幕一幕
或是惋惜　或是好笑
都被岁月温柔地带走
不知为什么　今夜想得太多
柔美的灯光　静静地夜

留住美好

经历多了　就会发现要用最好的方式
把心中的美好呈现
不是让后来的人称赞
而是让自己更加留恋逝去的瞬间

于是
谨慎地把每一幅作品挂在墙面
那一刻我才明白
时光定格成了画面
我的心才能如愿

星光

静静夜里
草地上，仰面躺下
寻找星光
一颗一颗闪烁着
把夜空装扮得好漂亮
充满了幻想

星星眨着眼
充满许久的渴望
无限蔓延，很有力量
风吹过来
带来阵阵草香
心里好清凉

看了许久
不知不觉睡着了
自己竟变成一颗星星
和月亮一起游荡
伴着优美的歌声
飞去远方

寂静的早晨

没有鸡鸣也没有犬吠
乍暖还寒时　微风吹
这里静悄悄

远处河边道上路灯还亮着
偶尔有几辆车穿过
也打不破夜的沉默

是朝霞让黑夜褪色
还是黑夜离开　朝霞的不舍
相遇的时刻　便成了离别
就这样　天就亮了

醒

一棵又一棵树被寒风剥光

奴隶一样

赤裸裸立在河边

被冷折麽

无声　呆滞的目光

很难唤醒

只等着

一声泉水叮咚

一片柳绿花红

今天

如果把每个今天独立
一天都是一生
你就不会再为昨天得失而感伤
也不会为明天将要的发生而恐慌

也许上天真的是这样
每天独立地记账
记好今天就有了明天的走向
或许是一败涂地　满地伤
或许是实现梦想　成就辉煌

人生不是百米冲刺而是耐力跑
开始了就不会停下的持续
不是看你如何开始
而是看开始了你又能坚持多久
不是看你拥有了多少
而是看没失去多少

人都是赤条条地来　最后一无所有地走
中间的过程就是光阴一段距离而已
因此珍惜今天拥有的就是最富有的
此刻，我就想静静地看看湖面
起了风　吹着波光闪闪
真好看

一个梦

我们曾经都有过一个梦
但是，不知何时
把它搁置在不起眼的角落里
一直忙碌着处理
日常生活工作中的一些琐碎

当时光远去
我们渐渐地把它忘记
偶尔，想起
也没有了拾起来的勇气
然而，越走越远
就会越惦记
感觉在厚厚的尘埃下
有一种清晰的呼唤
你，听见了吗？

如果听见了，或者
一旦想起
心中还有一点点荡漾
那就勇敢启程吧
不要再顾忌
因为明天也不会太多
今天一闪而过

飘落　为美代言

落红把岁月桑田
演变成了时光的回转
春夏秋冬　从未改变
笑容很淡　却以花的姿态呈现
洒遍了整个秋天

指尖划过秋风　凝结成一个个笑脸
于是用诗做笔　勾勒出温柔画面

往事转身　一朵花的娇艳
在飘落的瞬间　诠释了秋的爱恋
它为美好代言

破土的声音

一颗种子在岩石的狭缝中
承受风雨雷鸣
在这一刻　被一种叫作温情唤醒
于是狠狠地把根抓在最深处
用尽全身的力量破土

秋风中仿佛听见一种声音
积极地向着阳光而生长
它又像是一种激情的呐喊
是破土的声音

征服

摆脱酒山肉海去逃荒
摸索着把天走亮
想用一段时光淡忘
却又不停寻找另一段月光
纯洁的流浪　静品书香
才能征服原来以为的模样

放大的自由

锁住的生活
想用挣扎　对抗无所适从
阵阵的痛
宣泄着肆无忌惮的风
想用短暂的遗忘
把伤口抹平
谈何容易
那只不过是　　伪装的轻松
流浪的梦
逃离了生活的牢笼
快乐地
竟把自己　笑醒
睁开眼的一刻
看到，阳光洒在身上
一切都已重生

线

一条线，能把黑白分开
让四季呈现不同色彩
一条线，也能把快乐和痛苦分开
让好的更好，让坏的更坏

渐渐地，你会对这条线
有了不同的理解
甚至感觉会变得不再明显
原以为的一成不变
也可以瞬间改变

曾经多少次许下的誓言
在现实面前变得暗淡
再拼命地哭喊
一切都不会再改变

心念想把祈求变成一把利剑
把这无数条线砍断
哪怕后来，努力偿还
可是，无奈天空，白云很乱
谁又会，在乎小小的心愿

擦干泪，用坚强把心包卷
让风尽情地把头发吹散
笑着，迎接明天

静悄悄

（一）

风儿停了多久
谁会记在心上
树儿把影子拉长
变得漆黑
像是墨汁洒在地上
却写出了
静字的偏旁

月儿，无情地躲藏
偷偷地在云后观望
羡慕灯光的明亮
嫉妒小路的悠扬
却忘记了
自己原来的模样

静静的夜
悄悄诉说着岁月的轮回
静静地漫步，思索着
此刻的空旷和闪亮
还有奔走的方向

（二）

多久没有这样
安静地享受夜色
原来静下来的时刻
才懂得，如果没有夜的衬托
白日也很单薄

更何况
这里树影婆娑
灯光把叶面轻轻涂抹
油亮得让人不舍得
触摸

我悄悄地走近
弯下腰的时刻
它还羞涩地闪躲
我不忍心和它多说
恐怕打破这美丽的夜色

只想用心感受这一切
我觉得
我仿佛也变成了大树一棵
拉长的影子在不停地穿梭
想找一个最好的角度拍摄

留住这美好的时刻

安静的夜色
让在春天来得不寂寞
春风深深地醉了
其实，醉了的不只是你和我
还有大树
还有看不见的云朵
还有此时此刻

（三）

没有昔日的热闹
这里一切静悄悄
蓝天耀着眼睛，风有春的味道
透过摇曳的玉兰抬头
看到的蔚蓝，纯正得你想不到

此刻真的很美妙
就像竹子把这里紧紧环绕
包含着一季的成长和往日的欢笑
一直是绿色
竟然不知不觉已经长高
新的一年又来到

熟悉的柳树，舞动着枝条

柔软的竟是冬走了，你却不知道
要不是今日的风闹
我相信春会来得更早
因为这里阳光普照

古老的是时光
不老的是故事
因为这里正沿着时光的方向
把万物生长
更何况这里不止有大树、美石
还有读书的力量

一片海

每个人
心里都藏有一片海
湛蓝的漂泊
起伏不定的因果
会让世界改变颜色

一切莫测
注定变化得太多
而唯一不变的是浪花朵朵
每一朵
都是最纯的白色

因为，它是心跳的歌
每次激起
都是一句有力的承诺
是送给自己的执着
是送给漂泊的一次停歇

都是为了
让一切变得顺其自然
变得有因有果
因为在内心深处
永远都存在着
那一片静静的蓝色

中秋，是乡愁

中秋是枫叶一片
装满了相思的颜色
红遍了山间
像是对远方游子在呼唤
回来吧 故乡对你很思念

中秋是残荷 折不断
曾经的舒展 花开粉艳
怒放之后的睡眠
沉思着今生和前缘
就像这溪水潺潺 思念不断

中秋是平静的湖面
垂柳立在两边
柔美的倒影醉了游客的眼
风吹起波澜，银光闪闪
折射出光线万千
缕缕化作思念
连着远方的家园

中秋是展开的书卷
浓浓的墨香，自古飘到今天
笛声悠扬，桂花香满园

鹅卵石铺成的小道
曲曲弯弯蔓延
直到竹林黑暗

所有的思念
其实都很简单
就是乡音未变
就是母亲等你归时的炊烟
还有梦中一次次落泪
不断说给自己听的诺言
回家看看
因为那是你无论走多远
最初的起点

发生

美丽的故事就像一抹朝霞
一朵轻云　一缕清风
在不经意间伴你走过人生四季

我们遇见
春天的和风柔情
夏天的细雨绵绵
更需要秋天的收获
因为这是最灿烂的收获季节
因为很多故事正在发生

斑斓和荒芜

时光是一双锋利的眼
能够刺透历史
看穿红尘
包括虚无缥缈　是是非非
包括朴实无华　爱爱恋恋
包括所有的沧桑、斑斓和荒芜

直击灵魂
眼里激荡着爱的晶莹剔透
酸楚的划过千沟万壑
砸在地上
变成一个深坑
遇见了真实的自己

风吹着身上的尘土
露出了久违的笑容
看见世界所有都变了
变得阳光明媚
杨柳如风
冰封的溪水，在潺潺发声
看到了春风
看到了时光匆匆

寒暄

陌生人之间
简单寒暄
纯真地试探温暖
就像柔风带来的春天

熟人堆满的笑脸
发自心坎
还是肆无忌惮的真言
都无法分辨
只有笑一笑
看看相聚时路边

冬去春来花又开
年龄不等待
慢慢地
好像对哭和笑，失去了概念
该哭的时候，却笑得灿烂
看不惯的，也试着看惯

也许是年龄迟钝了季节变换
也许是往事早已把尘世看穿
现在　只喜欢捧着一书
一遍遍默默地念
念给家人
念给自己的春天

梦

当被追得无处可逃
选择了纵身一跳
绝望透顶，闭上眼睛
脑中闪过
一个个熟悉的面孔
心痛
辜负了所有的情
亲情、爱情和友情

一阵飓风吹过
感觉自己如此轻
随风飘动
好像长出一双翅膀
很长很长
用力挥动
越过了峡谷，飞上了天空
站在白云上看太阳
听着风

哪里来了鞭炮声
着急地睁开了眼睛
原来是场梦
说不出来的感觉
起死回生

静时光

（一）

经历过寒风的凛冽
也曾在厚厚的积雪里穿行
当冬日阳光透过玻璃窗照进来的时刻
顿时觉得世界好静

把所有的心情
静静地叠成家书一封
放在背包中
慢慢地越装越多　越多越重
感觉有点背不动
甚至呼吸有些不通

因为思念太浓
甚至没有勇气去面对
要回家时的心情
就让所有的一切如风
捎去你回家的情

（二）

不经意间低头
看见那块红石头
清晰地记得
当时在街上淘来时的心情
而今　睡在角落里
大约一年的光景
与世无争

走近　把它擦亮
去给它按个底座吧
也让它换换心情

（三）

室内的花草
很长时间已经蓬松
枯枝乱叶　杂草丛生
平日里没有心情
就像鱼缸里的水
浑得连几条鱼都看不清

其实　所有的生命

都在你不在意的角落里默默地生
就像冬去春来花开时
镜中的自己很陌生

只有发生的故事
才能有记住曾经
它们的存在
就是最好的证明
更何况，本来就是
一花一草一世界
一石一木一人生

第四辑

赶时间的人

时间推着四季转动
呈现出来的便是眼前的风景
一场冬雨的无情
让世界变得不再轻松
落叶悄然失踪

奋斗的人脚步不停

披着月光，追赶着星星
用爱凝聚成最亮的灯
寻找爱的背影

夜黑了　你先走吧
不，我们一起再等等

那盏灯

初冬的夜色　　凉风声声
路边摇曳的那盏灯
从春夏到秋冬
默默地守候着深夜的梦
而今　却变得冷冷清清
没有光亮
孤单得只剩下了一个影
是谁困住了那盏灯
我呆呆地看着
却无法来解救你
即使凉风折断秋天翅膀
变成漫天飞舞的枯叶
我用尽全力
也无法找到一片落叶
在上面用泪水写下思念
等雪花来了
悄悄把整个冬天送给你
寒冬步步逼近
我只愿静静地等你
你亮了
才会看到梦的痕迹

走一趟

人生是一场旅行
只走一趟，没有返程
来不及欣赏
就匆匆成了过往
急促地走在深秋的早晨
穿梭的身影
又怎耐得过
秋叶萧瑟那般晚来的无情
吹掉了枝头的枯叶
吹散了漫天的白云
吹不散你不屈的灵魂
悄悄化为一片坚实的土地
无论走向何方
都会有无数双眼睛看着你
你把爱意传给了他们
却从他们眼里
重新认识了自己

追逐幸福

确定了一个目标　就要努力去追逐
不要在乎是黑夜还是日出
就像飘零的叶子
秋风虽然吹乱了脚步
它却笑着像蝴蝶一样飞舞
在追逐幸福的日子里
谁又能够说清楚　到底是甜还是苦
但我知道
既然选择了追逐　就会义无反顾
哪怕落地后被尘土封住
甚至化为虚无
依旧是幸福虔诚的信徒
执着的思念坚强的脚步

世界很简单

原来世界真的可以这样简单
轻轻地捡起枯叶一片
夹在最喜欢的诗集里
凉风吹着脸
顿时感觉
自己与这世界无关
阳光落叶
满眼

远来的风

在书上翻阅了太多优美
心中便有了写的冲动
每个人都在世间穿行　步履匆匆
留下的脚印像是一行行文字
谱写人生
或是峰峦攀登　或是泉水叮咚

世上最美的风景　也有无法言语的痛
是什么让你愿意为此耗费一生
用最耐磨的这段年龄来看清

在文字里穿行　在现实中生
把每一笔一画变成最强大的发生
不是为了给别人听
而是让自己看懂远来的风

一片落叶

我是小小的落叶一片
风吹到哪里，就跟到哪里
一年不回头，或许更长久
落到哪里，我就会待在哪里
碎了，化作泥

我是小小的落叶一片
回想飞舞的记忆
漂泊才是最美的痕迹
像蝴蝶一样自由自在地呼吸
或者有幸被捡起，成为书的一页
串联着最美的诗语
一身香气扑鼻
静静地陪伴着美丽
瞬间　一切融为一体
永久地睡去

我是小小的落叶一片
静静地呼吸，你看见了吗
天空还有它划过的痕迹
深深地哭泣
当我们随风远去
也许所有的一切

与我们早就没有了关系
唯有坚持到底的真理
才会无所顾忌

夜色

夜色拉伸想象的空间
使灯光变得绚烂
闪烁在忽高忽低的世界
你却依旧

把白天所有疲惫抖落
成一地星光
却把你的心扉点亮
于是，不再渴求绚丽的风景
让沉静住进了梦乡
不再裸露所有的伤悲
让黑色蒙住所有的过往

用远去的风雨和彼此的故事
狠狠地把酒杯　斟满
和这柔风一起与夜色干杯
醉了，就是最美
因为梦就会飞
因为夜也会飞

一切都是最好的安排

事物的发生都有一定的原因
但这些原因
在经历时都不会知道
发生以后又会恍然大悟
只有当下认真善良地生活
用微笑面对生命中的一切
用甘心情愿的态度过随遇而安的生活
让赶路的人继续赶路
让等待的人耐心等待
春天回来　花儿会开
既然每个人都不能活着离开这个世界
那还有什么不能开怀
笑一笑自己　笑一笑世界

夜

夜是黑色的世界
灯火却让这世界黑得更深
只有闭上眼睛　转过身
才能看懂
黑与白之间的这道痕
很浅又很深

我们不一样

我们不一样　都是独立的自己
我曾追逐岁月的痕迹
迎着太阳奔跑，追着月儿哭泣
把云儿洒下的热雨当成眼泪
汇成条条河流
冲洗掉满身的疲惫
迎接着每个清晨太阳升起

我们不一样　你可能不需要努力
就做成了让人仰慕的自己
而我拼尽全力
换来的也许只是普通的自己
但我已经很满意
因为我看着熟睡的她
熟睡的她们，静静地呼吸
脸上洋溢着甜蜜

我们不一样
我们都在努力地做自己
像树儿静静地生长
像花儿开了又凋敝
像云儿不停地变化着色彩
把春夏秋冬分得很清晰

真的，我们一直在努力
不停地寻找自己
因为每个人都有不同的经历
幸福，真的没有那么容易
笑一笑自己
披荆斩棘，积攒机遇
也许冬天过去
就会崛起
呈现一个无比灿烂的花季
努力做自己

暖阳

冬日最舒服的时光
就是午后暖阳
一杯浓茶，散发出的香
与一本书碰撞
字里行间凝结着
幸福的模样

结束一段过往
总会用感恩的心
把美好封藏，把悲伤遗忘
开启一段时光
就会用诗篇畅想辉煌
积蓄所有力量，再度启航

到了这个年龄

到了这个年龄
虽然生活会让你失去激情
但也会给你一双明亮的眼睛
让你看清来时的路和要奔的前程
此时的心境
无论途经哪一个季节
都是难忘的一场旅行

到了这个年龄
还有很多的幻想未实现
还有很多想去未曾去过的地方
也有很多忧郁发生
经常渴望像一株健硕的杨树
风吹来就醒
风过后静静地睡去

到了这个年龄
会偷偷地把哭声调成静音
声音变得温柔
也会把眼泪变成
一杯杯端在手里的烈酒
和岁月一起
举起杯，昂过头

到了这个年龄
要做一个安静简单的人
风雨吹不走
挂在脸上的笑容
依然举着伞，迎着彩虹
要笑，你就尽情地笑
不必在乎这个年龄

风吹热浪

风吹着热浪　拍打着墙
树在不停地晃　遍体鳞伤

风儿渐渐变得癫狂
呼啸着向你索要
一段不可复制的过往
我舍不得把它紧紧往心里藏
藏在最柔软的地方

未来会怎样
路的两旁，花开芬芳
蓝天白云后的太阳
多么美的阳光
洒在写满爱的远方

一条小小的鱼

太多的往事无从记起
就算掀翻海底
也找不回伤心的泪滴
在冰冷的水里呼吸
我仿佛变成了一条小小的鱼
游呀，游　没有目的

太多的往事不愿记起
因为每次想起
就会心痛得不能自抑
多少次争吵后的别离
让我把犯过的错
一遍遍地回忆
我仿佛变成了一条小小的鱼
游呀，游　哪里才是目的

太多的人留在回忆
不愿记起，夜深的时候
特别是还下着雨
一幕幕的浮现　让我把雨天铭记
平静的呼吸　静静地坐在那里
等着时间　等着自己

我终于变成了一条小小的鱼
在深海里游呀游
游呀游　游到哪里去？

听！时光静好

静静的窗外，静静的世界
忙碌的城市里一角
有着世外桃源般的美好
暮色静悄悄，竹林里却传来
一阵阵喧闹
是鸟儿们叽叽喳喳的说笑
交流着一天忙碌后的遇到

微风袭来的阵阵，我加快了心跳
瞬间是把自己都忘掉
好像变成了那一声声鸟叫
飞过云朵、飞过喧闹
飞向曾经的青春年少

青春之所以美好
是因为还有很长的路要走
可以遇见更好的人、更美的事
因为将来会发生什么
你怎会知道？
静静的时光，只要记住
你是谁，你要做什么就好

趁阳光正好

能和你一起疯狂
乘风破浪
能与你默默不语
抱着膀子
倚着窗遐想

一起看没有白云的天空
鸟儿依然尽情地飞翔
一起看没有月光的夜色
我们曾一起和星星捉迷藏

这样的时光
都已经成为记忆被珍藏
剩下的只有流浪和坚强
很难再有感动
也很难再有心伤
一边走一边遗忘
全是熟悉而又陌生的模样

更何况在陌生的世界里
流浪的不止有你
还有抓不住的时光
别谈梦想

趁着阳光正好
我们何不大醉一场
醒来又是一个崭新的太阳

远方

带着海水激起的浪
追赶着迷茫
一层层推向遥远的地方
孤帆和哀雁
消失在海天相连的霞光

那是激情燃烧的岁月
那是相信梦想
并为之奋斗的过往
渐渐地，霞光
被海水淹没
浩瀚的大海在黑夜里隐藏

闭上眼睛　　听着风响
静静地想着远方
一阵传来的凉爽
慢慢地用海风间断过往
让梦想在深夜远航
想着太阳会升起的地方

倒影

五月悄悄地临幸这座城
春意盛浓　湖面吹起的涟漪
成了分割倒影的绳
风吹过　上面稳定地立成了峰
下面晃动
摇曳着水中的天空
白云和鱼儿相逢
云还在　鱼儿却消失得无影无踪
五月真的来了
带着热烈的风和满腔的情

面纱

每个人灵魂深处
其实都有一层轻轻的面纱
从来不展示
每当深夜就会悄悄地卸下
在梦里尽情
没有了时间与空间
没有了生与死
但纯真爽朗的笑声还在
真真切切的痛还有
只有当努力睁开眼睛
面纱就会轻轻地盖上
天就亮了

只是个背影

风吹着树的影子
在不停地晃动
一会儿向西　一会儿又向东
像是要把地上的灰尘扫干净
又像是想逃脱树的跟踪
可它怎么能够逃得掉呢
它不知道树是迎着阳光而生
而你却只是个背影

静静地看

风柔　天蓝　微暖
阳光洒在心田　耀眼
抹去阳光的背面
金光灿灿
洒在河面，掀起波澜
一闪一闪，春意滚翻

是春天，没错
味道香甜
把拉长的影子填满
每一次晃动
都是留恋的经典
静静地看
春的开端

流泪很简单

一个画面让人温暖无边
泪水划过多少个夜晚
不敢提起的思念
在这一刻变成了爱的喷泉

一句如风般的倾谈
激起了多少围观
都来感慨尘世的变迁
谁没有童年
但又有谁能把童真的情怀
用一生的执着来呈现

流泪其实真的很简单
它是看懂温情的一瞬间
它是回忆中最难舍的缘
因为流泪才最温暖
没泪水　哪有春天

更何况，流泪的时候
在心里从未走远
静静地抬头
看着夜空
看着白云和蓝天

深夜

乌云遮住了满月和星河
用黑色笼罩了所看到的一切
和黑夜一起纠缠，甚至混合
兴奋之余，互换了角色
分不清你我，每当此时此刻
就会有一丝不安在心底蔓延
甚至，有时会痛得令人难以琢磨
总想用一场大醉来解脱
或者是洗清罪过，均无果
幸好有一阵风在你的耳边吹过
好像清醒了很多
但已经早就看不清了自我
拼了命地揉搓，把眼睛揉出了血
模糊的视线里好像有灯光闪烁
你认为自己再也没有办法
像曾经那样去仰慕彼此的时候
才会感受到事情
竟发展到如此完美的程度
才真正明白了
伤心的错过和存在的承诺
而不是如此简单一笑而过
现实面前谁都不会太洒脱
更何况深夜里看不清世界
但能看清一个赤裸的自我

借我

借我一个童年
我会笑得比阳光还灿烂
追逐着蝴蝶翩翩
会把小溪当作云天，尽情地滚翻
还我那一个记忆的碎片
我不会顾后　也不会瞻前
我会把它黏合成梦中才会出现的美丽画面

借我一个少年
我会把将来的苦难提前预演
不会只看眼前
忘记了头上的那一片蓝天
和亲人朋友的笑脸
我仍然还有豪放不羁的誓言
也不会在乎周围人的脸
不会明白，鲁莽竟是如此的肤浅
玩笑如此的庄严

借我最初与最终的不敢
竟变成了如此遗憾
让我多了一次情深回看
多了泪流的缠绵
让我平静地生活

在这美好的人世间

借我不言而喻的不见
竟是转身到永远
借我一场素色的寒
让我度过美好的冬天
如果冬天快要走远
那就还我一个灿烂的春天

标签

上天赐予你的每件礼物
都暗自贴了价格的标签

或许是因为你前期做够了铺垫
它用这种方式
对你的付出兑现

或许是后来的遇见
你需要加倍努力
才能连本带息地偿还

世间没有白送的礼物
就像没有不走就能翻越的山

如果你偷懒
随时都是终点
一切的一切
瞬间烟消云散

不留空白

时光相伴
就应让其发生更多故事
或悲或喜
都是为了在彼此告别的时候
填满记忆
心里不留空白

平静下来的快乐
是可以主宰时间的自由
是忙碌后的
一种精神储备的需要
弥补了平日里的遥不可求

如果，你走遍天涯
也寻觅不到自己所需所想
那是你对自己的理解不够
只是停留，不叫追求
只有当经历过所有
回到家的时候
才会发现它原来就在这里
一直从未走开

思维方式

白昼和黑夜间
并没有明显的界线
就像对和错一样
你怎么看那才是关键

历史沉积后的昨天
留下来的
并不一定是
当时你感觉无可翻越的今天
还有你所谓的痛彻心扉的怀念

把这一切
摆在时间的面前
都会变得浅淡
甚至已消失得很远
而能记住的
也许只有信念
和不达目的不罢休的誓言

或许，什么都没有
因为千万次的纠缠
终于获得一点点经验
恍然大悟时

才知道道理其实很浅显

就是少说多干

默默向前赶，直到终点

寻找自己

诗歌写多了
有时候感觉人生
就是一首诗
因为
当我们拥有它的时候
怎么也读不懂它
于是
努力地去探索
长夜中艰难跋涉
直到走到天亮
而天亮后
却又继续去寻找天黑
周而复始
直到
我们渐渐能够
尝试着读懂它的时候
它却早已远去
并且
成为不可复制记忆
这也许就是诗的魅力
如果要给这首诗起个名字
我想叫它：
寻找自己

流浪

找个借口去流浪
踏着尘土飞扬
穿过雨淋风霜
选一块巨石，躺在其上
举起烈酒
对着星空月亮
大醉一场

醒来后
忘记了时间
忘了要去何方
甚至忘记了
自己是什么模样
彻底地去流浪

看惯了荒凉
习惯了独往
一边走，一边唱
唱自己故事
唱明天的希望
也许尽头就是念头
也许远方就是心房

给自己放个假

给自己放一个假吧
离开城市的喧闹
告别复制粘贴的生活
去找一处安静的田园
最好有火炉
再加一壶老酒和一本珍藏很久
还没来得及打开的书

给自己放一个假吧
告别那些已被笑容麻木了的面孔
卸下所有的盔甲
用最柔软的心去写一写心中酝酿已久
感动许久的故事

给自己放一个假吧
关掉手机，切断一切联系
远离那浮躁的情绪
带着一份淡定　一份从容
来一次说走就走的远行

给自己放一个假　彻底思考一次自己
也许真的才会明白
失去也许未必真的失去

而得到未必可以得意
让一切随风而去
时间过后，笑一笑而已

温暖的力量

小草，冬日枯萎了
被风吹得东倒西歪
甚至只留下了根
死气沉沉，毫无生机

这次活动，像太阳
照射四方
温暖的力量
融化了冬天的冰凉
融化了一成不变的伤

于是
小草也变得具有力量
甚至是疯狂
因为阳光下
它闻到了诗的芬芳
好像找到了榜样的模样
激情飞扬，热泪盈眶
一切变得无法阻挡

轻轻地推开写作那扇窗
满满的真情
扬洒在梦想的脸上

我在想
渴望到底有多大的力量？

我不知道，但我明白
只要枯草有根
就有绿遍世界的力量
更何况还有太阳
还有鼓励的目光

让我们收集起
满坡绿色的畅想
和青春的渴望
努力为写作，铸就一个春天的殿堂
享受人生的荣光

拿什么纪念

时间不停地转
人生一站接着一站
好好珍惜相遇的今天
因为一转眼就到站
而下一站
我们不一定再遇见
那么，我们拿什么去纪念
曾经的缘
你看，风依旧很轻
云很淡
蓝蓝的天空
太阳很艳
看懂这些时
也许心中就有了答案

找寻自己

在不同的时代里
就会有不一样的烦恼
你把你的烦恼记录成文字
留给了后来的我们

我们踏着说不出的感觉
慢慢寻找
找到了东，却领悟不了西
最终，丢了最珍贵的东西

多次翻开你的文字
深夜里，
满满地找寻灵魂深处的东西
伤心后的自愈
高兴后的压低
迷茫时的柳暗花明
低落时的奋起

沿着你的足迹
慢慢地找寻着自己
渐渐地才发现
平淡，简单，才是真实的自己
悟透了，也不再年轻

只好悄悄地
把找寻的过程记录下来
留给了后来的人

终于找到一个借口

终于找到了一个借口
成为与你相见的理由
相见后，却无话可谈
阳光透过窗，洒落房间
屋里很暖，染红了你的脸
手心里冒着汗
呼吸变得有点困难
竟记不起此时
是冬天还是春天

终于找到了一个借口
忙里偷闲
小心地打开珍藏已久的诗篇
认真地读上几首
哲理性的美言
峰回路转，花明柳暗
竟忘记了枯燥和平淡
在幻想的国度里去遇见
去遇见春暖花开
去遇见黑色的眼

终于找到了一个借口
躲闪尴尬的局面

像逃离一般
以为走后一切就会变得简单
其实不然
脱过了今天，还有明天
不如勇敢地去面对所有的困难
因为直面
有时候是办法中的最简单

终于有一天
就是不再有借口的那天
生活便会掌握在自己的手里面
到那时，想去理想的远方去看一看
看看山那边的山
看看海水的彼岸
也许什么也看不见
但已经走得很远的我们
一定会遇见更美好的明天
和最纯最初的开端

排队

为了这样或那样的目的来到这里
一群陌生的人
自觉地排成一队
踮着脚、翘着脑袋盯着窗口
前面的脑袋
如果挡住了后面的脑袋
后面的人就会身子向一边挪动
队伍慢慢变得歪斜
拿到号的人，也面无表情
急呼呼地走下一个流程
排队成了一种规则
每个人都已习惯
都认真地遵守
就医需要排队
坐车需要排队
吃饭需要排队
玩也需要排队
也许什么都需要排队
包括人生和命运

阴天是一种情绪

云重叠，延展无尽头
雾色茫茫　　飘荡
白昼和黑夜
变得不再分明
只觉得万般压力
让大树和花儿透不过气
剩下的只有
燥热和潮湿

如果阴天是一种情绪
什么是它的主题？
或许是愤怒　一种未爆发前的忍耐
或许是安静
在桌前翻阅一本日记的淡然
或许什么都不是
只有淡淡的忧伤　轻乱的思绪

阴天是一种情绪
淡漠的风，吹不走过去
只是把深埋之后的记忆
又静静地掀起而已
草儿的泪滴
会装下整个天际
万物将会变得清晰
天空和大地，还有自己

雪儿的悲情，风儿的离去

风儿略过四季，
把受尽的折磨在冬天里尽情地哭泣，
就像这天气，
不寒而栗。

干枯的冬季，
啥时才能与雪不期而遇，
好像等了一个世纪，
今天终于遇见你

冰冷的空气
像是要把温情凝聚
一句句真情的话语
笑着把泪流进心底

寒冷
与冬季没有关系
是雪儿的悲情，风儿的离去。

睡去

夜色，每天都来侵袭
铺天盖地
没有什么能够逃离

快乐与哭泣
热闹与静谧
得到与失去
都消失在闭眼之后

甚至是大脑
也停止了思绪
世界的一切
好像只剩了呼吸

每次呼吸
如此的用力
像生命的开启时
早晨太阳那样有朝气
愿一切的发生
平静得像呼吸
安静地睡去

许下诺言

徒步登山，虔诚祈祷
站在古树下
感到自己的渺小
世界的变迁与它无关
生老病死、尘世纷争
到最后都会变成一粒尘埃
不知飘落到哪个时代
又怎么会分清，你是哪颗尘埃
于是，站在新年的开端
去找自己
听着幽静的云水禅心曲
仿佛忘掉了所有的记忆
一顿斋饭
会忘记前世今生的不悦
记住美好的故事发生
虔诚的人们
双手合十，放在胸前
默默许下一世的祝愿

请记住我

时光静静走过
小河还记得我唱过的歌
也许自己都不记得
只觉得当时风儿很快乐
鸟儿也来掺和
河面大树的倒影
鱼儿在里面穿梭
清澈见底
一伸手
就可以把鹅卵石触摸

时光静静走过
单车还记得我带着你的时刻
转头望你，目光闪躲
转移到远处看景色
心跳动得忘记了单车的颠簸
只觉得当时很快乐
就这样穿过小径，走过月色
迎面吹来的风，把露珠吹破
翻滚着坠落

时光静静走过
每到年底，总是感觉失去太多

我在想，人生增长的除了年龄之外
还有什么
于是，把手轻轻地放在心窝
感觉跳动的节奏，平静了很多
风吹着日落
朝霞红遍了心河
而我牵着你的手
就这样把人生慢慢地走过

时光呀，岁月
风中浪里不寂寞，请记住我！
时光呀，承诺
天长地久一起走过，请记住我！
时光呀，闪躲
就算是流星一颗
也会成为灿烂的花朵
请记住我！

第五辑

守望教育

不必为我挂念　我在麦田
听着拔节的声音
守望着麦浪滚翻　缕缕清香扑鼻
送走了不愿提起的昨天

夏真的来了　空气变得浓烈
日子变得缓慢
黄昏和黎明越来越近
夜成了最珍贵的一个章篇

没有太多的语言
把所有的恩怨交给时间
淡雾和雨露
是润色不是浇灌
风雨的批判
让夜色用灯光渲染
这一切，都做好了铺垫
静静地等待着
一个饱满的明天

放声歌唱

儿时总有大把的时光
没有回忆　　　没有惆怅
心中除了梦想
就是对美好生活的向往
前进的道路上
充满了色彩
更多的是风声和雨响
岁月，它无声
却一刻不停地流淌

谁也不甘心用等待
浪费这段最宝贵的时光
于是，鼓起勇气
站在舞台中央
挥舞着双臂飞翔
你鼓励的目光
成了我最坚硬的翅膀

我要歌唱，大声地歌唱
唱出激情
唱出生命的重量
只要我们一起努力
就没有一个季节

能把青春挡住
因为这里不管四季如何变化
都是万物生长

应有的样子

如果有一种教育叫作回归
那孩子们嘴角的笑容
可以让我们懂得一切

如果有一种回归叫作如初
那师生眼神的交流
让我们心知肚明

如果通过一块橡皮
能够了解一个孩子听课的样子
那么窗明几净
足以表达您教育的情怀

触动心灵
往往不需要鸿篇巨制
也不要轰轰烈烈
而是默默地做好点滴
做一个麦田的守望者
静待花开

向上的心

为了最初的誓言
我们紧握拳头肩并肩
像战士一样勇敢
感恩遇见
遇见的都是温暖的笑脸

青春的流逝
铸就了不惧风雨的坚强
于是
我们选择用一生来坚守希望
三尺讲台是战场
黑板成了孩子们看世界的窗

就让我们在有爱的海洋里
灵魂一次次碰撞
到底会有什么故事发生
柔软的风中
一群充满激情的白衬衫
笑着，勇敢向前

凌晨四点半

凌晨四点半的洛杉矶
让人记住的是科比的梦
虽然，只见过一瞬间
好像就要启明
却不停地在黑暗中碰撞心灵

凌晨四点钟
让人记住的是海棠花未眠
还有川端康成
用生命的渺小撰写了
盛开的永恒
被世人一遍遍传颂

一夜的电闪雷鸣
雨滴疯狂拍打着路灯
你奋力奔跑在秋风中
不为别的
因为心中那一份执着的情

责任不是说
而是看你的行动
我们会把这一切的感动
凝成一股股绳

然后，编织成最真的梦
悄悄地让秋风捎给夜空
你便成了最亮的星

最美

一个人的彻悟
等于他孤独思考的深度
当苏醒后的演出
一定会令所有人刮目

也许没有人明白
美到底来自何处
因为谁也理解不了
你曾经如何度过的孤独
唯有书中
写满了所有的答案

等读懂了这一切
风，便就具有了最美的样子
云，也不再只是漂浮
它们一起凝聚成了甘露
慢慢浸透在灵魂深处
把一段段书中故事
向秋天的晨光慢慢倾诉

我们毕业了

六年的时光我们一起度过
有欢笑，有泪窝
都说相逢是首歌
那分别是什么
分别是明天的路　是思念的河

还记得　刚到学校时的羞涩
是老师不断地表扬我
老师是海洋　我们就是贝壳
是您把我们的童年涂满了颜色
让我们有了七彩的梦想
勇敢地去实现承诺

今天的我们
已经具有智慧和强健的体魄
然而，每一次闪烁
都是您给我们点燃的火
多少次您曾秉烛到深夜
一丝不苟地批改作业
鼓励的话语说了又说

还记得　我们犯了错，把您热火
您气红的脸，转过身泪落

偷偷地把眼泪抹了又抹
微笑着把做人的道理不停地诉说
老师是美丽的耕耘者
让阳光普照花朵
老师是爱的播种者
用爱的雨露滋润着你我

还记得　您孩子病了　没时间照顾
怕耽误给我们上课
还记得　我生病时　您来医院看我
带了最喜欢的苹果　给我补课

还记得　您家访时　和蔼的样子
口干舌燥　一杯水也不喝

还记得　每次放学时　您送路队的样子
叮嘱注意安全　我们还嫌您啰唆
还记得，我们一起做操的样子
还记得，我们一起读书的样子
还记得，我们一起做游戏的样子
还记得——

老师呀！　我们真的舍不得
六年的时光这样匆匆而过
我们长大了　您却老了许多许多
年轻的脸上也有了沟壑

头发也被风霜无情地涂抹

老师呀！我们真的舍不得
您的爱，除了父母　是世上最无私的爱
太阳一样的温暖　春风一样的和煦
清泉一样的甘甜
您的爱　比父爱更严峻
比母爱更温柔　比友爱更纯洁

您用心中全部的爱
染成了我们青春的颜色
您用执着的信念
铸成了我不屈的性格
老师呀！您就是遮雨的伞
您就是挡风的墙

为了梦想　我们将要去远方
我们会带着老师的爱
向着明亮那方努力奔跑
实现自己的梦想
此时此刻，我真的不想感伤
我会把所有的思念
变成祝福的力量
独自前往

美好记忆

人来人往
留下的到底是什么
抓不住的时光
还是离开后
独自的心伤

我觉得都不是
因为转身那一刻
我看到
你眼里闪着泪光
脸上却洋溢着幸福的模样

天很蓝，树很绿
柔和的风儿
吹在脸上
你伪装得很坚强
却把思绪
狠狠地装满了心房

或许，这就是幸福
因为，你知道
他们离开
是为了寻找那一扇未来的窗
里面写满了梦想

温柔的倔强

最是那低头的温柔
让夏天的阳光
瞬间变得如此娇羞
引来的称赞
悄悄拂去心头少许的忧愁

留下的记忆
却定格在
红色脸颊上一道道汗流
染在裙角的颜色
成了记忆深处
最美的停留

任时光轻轻地走
它再也不是离别的借口
我深深地明白了一切
因为，今晚风很柔
因为遍地三叶草
静静地开着，无忧也无愁

找寻

美丽的声音划过初夏的夜
把对读书的热情悄悄传送

如果热情是一粒种子
那一定会扎根大地
不断开出一个个最美的花季
每个花季都将是一段最纯真的记忆
每段记忆都会写满了爱的真谛

读书　如果没有深深的爱
那就算给你全世界
那还有什么意义所在
因为没有书，我们不知道
哪里有幸福　哪里还有真爱

于是
我们不徘徊
毅然决定
带着书本去流浪
不断地寻找诗意和方向
慢慢地就会看见
自己最初的模样
阳光下
满满全是书香

写给小学生的一封信

亲爱的孩子们
从来没有一个春天
让我们有这么多泪水和祝愿
从来没有一个春天
让父母有这么多时间把我们陪伴
疫情虽然是一场灾难
但在灾难面前
我们从来不屈服，并且勇往直前

亲爱的孩子们
让我们把自己的本领好好修炼
等长大以后把我们的梦想好好地实现
在疫情面前要像医生一样勇敢

他们看着病者的眼神，总是心痛流泪
他们默默地温暖世界
却从不喊一声苦累
他们放弃了春节的团聚，也顾不上和亲人碰杯
危难危险时刻，他们不离不弃
始终坚守着神圣的岗位

病人多少痛苦和无奈　他们总是耐心安慰
救治护理不分昼夜和轮回

一份大爱写满了无愧
只与死神争分夺秒
誓让生命绽放出最初的高贵

亲爱的孩子们
让我们把自己的品德好好修炼
等长大以后把我们的梦想最美地实现
在疫情面前　要像护士一样温暖

她们不为美丽留影，只为救人方便
偷偷秀发剪完
却露出青春最真的笑脸
你说穿上防护服就是穿上使命
你脱下口罩和头套时
却已经疲惫不堪　红肿的压痕满脸
口罩虽然挡住了你们的脸
但人们永远记着你们温暖坚毅的眼
你们是英雄　天使一样的英雄

亲爱的孩子们
让我们把自己的品德好好修炼
等长大以后把我们的梦想最美地实现

在疫情面前
要像爱心人士和志愿者一样勇敢
爱心是冬日里的一缕阳光

给人以春天般的温暖
爱心是心灵流淌的一泓清泉
会令人感动感到心里甘甜
爱心是雪中送炭，是大爱无边

爱心来自于善良的情感
常常把有困难的人挂牵
爱心注定是一种奉献
无私地关怀给他人以温暖
您的爱心是一双双援手　帮我们渡过难关
让人世间有爱的陪伴　永远不孤单

他们青春如骄阳似火
为了胸中的那一份炽热
恨不能把时间捏碎，然后打破
每一分一秒献给不认识的你我
只为了心中的爱
把一个个生命浪花举托
他们是我们的榜样
是我们青春一样的火
春天清新绿叶分割线
亲爱的孩子们
其实我们不简单
疫情来了，毫不畏惧，也很勇敢
空中课堂
变成了没有硝烟的战场

认真上课，用笔当枪
和老师一起，畅游知识的海洋
心与心在无声中相望
手与手握紧着中国坚强
凝聚所有的力量
乘风破浪
春天来了，真的来了
老师想你们了

生机盎然

柔软的柳条丝丝垂下
春风轻轻地吹在脸上　却暖在心里
午后阳光照射　柳条闪着光
竟是这般妩媚

花儿走过四季来到这里
便开始发芽
嫩芽儿小心地观察着周围
走近它　蹲下身的那一刻
它娇羞得像孩子不停地闪躲
我总想找一个最美角度来拍摄
真想留住此刻　但无能为力
只好默默地记在心底

翠绿的竹林传来几声清脆的鸟叫
叫声赶走了淡雾　让天空变得更蓝
几朵云儿飘动着　像是告诉你我
春天真美，这里真美

放眼望去　翠竹　月季　柳树
还有这里的一切
更加明白　这里有一群懂爱的人
他们都想着彼此

都努力幸福地生活　都那么有激情
那么深深地爱着家园
爱着祖国

一片叶子

一片叶子
若具有了情感
就有足够的力量
把世界掀翻
会让你看到不一样的开端

路很远，风很软
叶子把所有故事
和大树串联
然后　就有了灿烂的春天
露着笑脸

修炼

每个人都一直在修炼
独自承受着未知的一切
没有结局　也看不到结局
慢慢地就会懂得
结局也并不是那么重要
因为不管是大是小
小还是大
都一样普通地活着
像今日的太阳
升起又落下

放飞梦想

种子悄悄地把梦想埋进土壤
春夏秋冬，风雨雪霜
你从不忧伤，从不彷徨
默默等待着发芽，努力地生长
你就是这样一粒种子
今日就要实现梦想

蝴蝶悄悄地把梦想
寄在花朵上，翩翩飞翔
迎着清晨的第一缕阳光
追着云朵的芬芳
快看还有火红朝霞，烧着了东方
哎！蝴蝶姑娘
我已长出翅膀
和你一起飞向光亮

船儿悄悄地把梦想
装进蓝色的海洋
尽情地去漂荡
海水拍打的涛声啪啪响，
在海天相接的地方
浪花，很顽皮地跳跃着
水面上闪着一片片金光

我坐在小船儿上
游到天边，升到天上

我悄悄地把梦想写在纸上
用孤独漫长的时光
折成一架飞机的模样
小心地捧在手掌
许下一个小小的愿望
他就具有了无限力量

拍了拍翅膀，飞起来了
快看！
它飞过了大树，飞过了楼房
飞过了大山，飞越了海洋
飞过了月亮
飞去了梦想的远方

不说别离

如果可以
我想把所有的相聚
变成最美的回忆
装在心底
把笑容化作泪滴
掺在酒里
一饮而尽
不说别的，仅此而已

重回原点

这一站　我来送你
不忍离别　却终要分开
你远走高飞　我重回原点

此刻就要说再见
忍不住　感叹
感叹　岁月无情　　时光短暂
春夏秋冬　我们一起把风雨纪念
日升月落　我们一起尝尽苦涩甘甜

此刻不想说再见
因为我曾见证　你们成长的每一瞬间
稚嫩的脸上充满了向上的光环
清澈的双眼具有了睿智的灿烂

这一刻真的要说再见
我的泪水不断
走吧，去拥抱幸福的明天
走吧，不要太思念
收拾好心情去迎接更好的下一站

我只希望以后的某一天
你想起了童年，哪怕一瞬间

回来看一看　我依旧在原点
领着一群曾经的你
看世上最美的画卷

校园夜色

夜色下秋风送来阵阵凉
光温柔地洒在叶子上
生机和活力　瞬间打破了旧模样

微风过，沙沙响
喧闹的城市
原来也有这样静谧的地方
如此的漂亮
竹子每一棵都在疯狂成长

是哪里飘来的香
我和影子一起去寻找
找遍了目所能及的地方
转过身的那一刻
定格了所有的想象
哦！找到了
是一片叶子的芬芳
是一朵花开的力量

心的流浪，不是去远方
而是把最美好的部分珍藏
然后用双手
静静地把眼睛遮挡
蹲下来
用真诚的心去守望

一样的

秋日的夜，微风凉
从四面八方走来　聚在一起
便汇成了爱的海洋
朴实的话语，真诚的目光
多么美好的心灵一起碰撞
碰撞火花比夜空的星星
还要亮

六年最美的时光　将在这里唱响
纯真的模样　让人可爱的心慌
于是，我们仔细打磨每个字样
用我们温柔的手　轻轻推着你前往
去充满七彩梦想的地方

人生的十五分之一的时光
需要珍藏
其实，美好不是在远方
而是在我们携起手来的地方
多么美的月光　洒落在身上
多么幸福的目光　互换着彼此的期望
那一刻，我深深明白了
我们的爱，真的是一样

多久不曾哭泣

你多久没有哭泣
因为感动和别离
万般思绪汇集
一言未出，泪湿眼底

谁也无法估计
那种激烈的情绪
直到有一天
你觉得无须再向别人提起
你就已经挽救了你自己

你多久没有哭泣
不敢抬头，看你
因为，在初见和再见的眼里
那种战友生死的情谊
在这夏日里，无所顾忌

像倾盆大雨，像雷响耳际
把所有的故事流进心底
用一场别离
把自己的一切归零
尽情地放飞自己

放心去飞

浓密的竹林和树叶
重叠在这个旺盛的季节
蓝天下的校园洋溢着满满的醉意
你我身影
定格在这曾经熟悉的世界里

我牵着你的手轻轻地走
踏在六年前　欢迎你来时的红毯上
轻轻的脚步　踩痛了离别的心
柔柔的风　我流着泪只想祈求
时光停留片刻

然而，时间的洪流不停地催促
真到了挥手作别的时刻
才恍然回忆这六年
曾经感觉天总是那么蓝
日子过得太慢
感觉老师总是那么烦
认为离别是遥遥无期

而今，却转眼就要各奔东西
心中升起无尽的眷恋
泪水一次次模糊了我的双眼

我想再静静地看看校园
看看熟悉的竹林　想在操场上再转一转
想看看老师不再严厉的双眼
我看见里面　早已用微笑的泪水装满

六年的时光　我们陪你度过，
风没有变　雨没有变
还清晰地记得　你们刚来时的模样
男孩光头小子　流着鼻涕
女孩扎着自信的麻花辫　穿着卡通裙子

而今，你们要离开这里
为了梦想，我们舍不得又怎样
虽然　这里有你人生的十五分之一的时光
时光谁都不能抵挡
也许你们以后
会把我们一起的记忆渐渐遗忘
因为你们将会有　很多更珍贵的过往
我们也不会心伤
因为我们习惯了这种被遗忘的时光
像渡船一样　我们始终会回到开始的地方

一次激情的波动
成了生命里最纯洁的心声
学校歌声响起　让心窝里激起未来的梦
我们一起放飞心中的那只白鸽

展翅翱翔在蔚蓝的天空
放心去追寻蓝天白云
和浩瀚的星空
走吧，美好等着你们
理想，在远方

六年

哭是心中的潮涌　泪是激起的浪
离别的日子　拿什么来纪念这段时光
从天真到懵懂　麻花辫长成了漂亮姑娘
小光头长得英俊健壮
知道了梦想　看清了前进的方向

真的不愿意说离殇
我最害怕看到
我周围的人流泪的模样
因为我抬头时　看到了你不舍的目光

老师，原来严厉的外表里
隐藏着柔软的力量
你教我们坚强　今日的你却脆弱地
转过身，哭了一场又一场

不敢再去想过往
一段段风雨相伴的时光
把欢笑和泪水珍藏
不忍再去想过往　因为人生最美的时光
有几个六年这样长

天很热　泪水滚烫

什么也不愿意说
我静静地抱着你的胳膊
攥紧了你的衣裳

倔强的小草

光鲜亮丽世界与它无关
美好幸福的生活　它只是看客
因为它在阴暗潮湿的角落
已生长了许久

但它是一棵倔强的小草
风雨来时它不低头　雷电来时它不眨眼
默默看着世界
静静地笑着扎根
倔强地要把大地扎穿

想用这种方式来等待
等待着长大　等待着远方传来爱的呼喊
便悄悄地把经历的一切打包
让暖风寄给相信爱的彼岸

人生真的很短
来不及思考明天　就变成了昨天
转瞬间　就只剩下感叹
珍惜当下拥有的今天　便是永远

今天
我遇见了一棵倔强的小草

也看见了充满爱的蓝天
小草，很绿很绿
天色，很蓝很蓝

六一记忆

阳光被夏风掀起阵阵热浪
让花儿尽情地怒放
光耀眼　痛的模样
闭上的瞬间　思绪就在过去的时光里激荡

每逢这个日子　天还没亮　就早早起床
跑到伙伴家的后墙
大声喊他的名字
今天是戴红领巾的日子
感觉有一种红色的力量
像是一名战士　随时就要上战场

虽然经常对记忆动心　但再也唤不醒沉睡
因为我们已陷入时间的洪流
渐渐地磨去童真和羞涩
只记得当时　有那么一点点可惜
可惜舞台上没有自己
那时缺乏的勇气
只好用拼命地鼓掌　来吸引注意

心里暗暗把偶像　一遍遍地模仿
心想　终有一天　我也会站在舞台中央
尽情地说唱　尽情地演绎

相聚的欢快和人生无奈流浪
把自己的遇到的故事静静地和大家分享

哪怕没有掌声　也会欣喜若狂
因为角落的小草　也在默默地成长
也经历了风雨和冰霜
当阳光洒在胸前的红领巾上
我们开心，我们幸福，我们阳光
我们激情飘扬

对梦想的渴望

每个人都有梦想
但对梦想追逐的渴望
都藏在你青涩的目光里
很有力量　就像破土的竹笋
顷刻间　我只能仰望

请你记住这段时光
在这个夏日还不炎热的早上
为了梦想　你精心梳妆
独自站在舞台中央
那一刻　静静地
把光芒洒在地上　一片星光

迷茫不再是年轻的模样
因为推开门的那一刻
梦想已经插上了翅膀
渐渐地把你的世界照亮

幸福的花

您是春雨过后迎来的初夏
温暖的风儿变得潇潇洒洒
您沸开的激情
就像一朵朵火红的石榴花
带着孩子看最美的天涯

您像初夏校园里茂密的竹林
在您宽大的胸怀下不停地钻出笋芽
茁壮向上的力量
迎着光霞　戳破了淡雾和轻纱

您是蓝天白云下一棵会摇动的大树
遮住了风雨　挡住了酷暑
给树荫下游戏的孩子
带来了清凉一夏

您是远航时　那一盏明亮的灯塔
载着太多的故事和梦想
用一颗童心雕琢着相信爱的天涯

无论您从哪里走来
要到哪里去
带来的都是一个季节的变化

走过的路边
万物都开始发芽
慢慢地开满了幸福的花

唤醒

如果相遇是一本诗集的封面
那夏日的涌动变成了梦想的序言
而纯真的眼睛里流露出来的羞涩
让我感到了久违的温暖

把每个相聚的日子当成信笺
用纯真的心灵　记下美好的誓言
在点滴中发现
就能不一样的白云蓝天

杨絮飞满天
带着种子在风里转
落在哪里，一定都无憾
因为它像
蝴蝶一样舞动翩翩
也像雪儿一样
让人们怀念

当把所有遇见
放在枕边
每个阳光明媚的早晨
就成了一种呼唤
唤醒自然，唤醒明天
唤醒过去
唤醒心底最美的诗篇

我们的时光，妈妈的白发

从第一声哭响
就闻到了您的乳香
您却忍着剧痛，笑着大汗淋漓的模样
我努力睁眼，还看不清
您乌黑的秀发
年轻漂亮的脸庞
您就像冬天的太阳

您给我做了第一个漂亮的书包
从此我踏上求学的路
您从不问我成绩怎么样
只关心我是否快乐，是否健康
我怎么会让您失望
在学校里幸福得像竹子一样
不停地努力生长

慢慢地，我长大了
为了梦想我要去远方
您用心血支持我的成长
您辛勤工作的背影
岁月把您的秀发隐藏
每次您送我时的目光
是我所有前进的力量

无为而不往

哪怕我委屈或受伤
回家时，看见您微笑的模样
一切不好的事情都会遗忘
只剩下阳光
可惜呀，最无情的是时光
当我变得慢慢懂您
您却只剩下瘦弱的肩膀，白发苍苍
慢些吧，时光
我还没好好陪在您的身旁
您就成了我不敢提起的伤

妈妈啊，是您的爱伴随着我成长
您那不再挺拔的背影
经历了多少夕暮烟雨
您那岁月雕刻的脸庞，
读遍了人间的雨雪风霜

在春离夏至的五月
我用感恩的心品读母亲，热泪盈眶
一幕幕的发生，一场场的感动
我深深地明白
是您承载着我一生的梦想
您是我最坚强的翅膀

歌声飘过童年

总想剪一段时光　用爱编织成七彩的光芒
留住这段最纯的渴望
一张张笑脸　一声声歌唱
感动了春风　感动了暖阳　感动了全场

小小的你着上盛装　一个个精神高昂
优雅的指挥棒下　舞动着阳光
歌声化作缕缕春风　在校园上空激荡

多少色彩的岁月　层层地把生命包装
在这美丽的校园里尽情地绽放
六年时光我们共享
这将成为人生最珍贵的一段过往

在这里浓浓的爱已经汇成了海洋
深深的情已化为富饶土壤
每个人插上了歌声的翅膀
春风来了　我们一起展翅飞翔

飞过漆黑的夜
去看漂亮的星星和月亮
飞过时间的海洋
迎着风远航
飞过蓝天和碧浪
飞过童年这段最珍贵的时光

听一场，花开的故事

风儿温柔抚摸着万物
蓝色天空耀着眼睛
世界真的好静　仿佛只有我一人
这样在河边漫步

蝴蝶在嬉戏　舞动梦想
谈着它曾经展翅的往事
和破茧成蝶的故事
我瞬间感觉心好痛
捂着胸口，蹲在地上

河边白玉兰开了　如此灿烂
让人刷新了印象
迎着朝阳　把我和它影子拉长
融在了一起
真想把这一刻定格

阳光洒在平静的水面上
我轻轻地闭上眼睛
找一块草地躺下
屏住了呼吸
就想静静地，听这一场
花开的故事

芳华

剪一段时光寄给美好
珍贵的岁月里，哭也是笑
有烦恼也是美妙
就像白衣少年骑着单车跑
就像小姑娘羞涩的纸条
递出时等待的心跳

泛青的麦苗　舞动的柳条
你淡淡的笑让三月有了春的味道
阳光变得妩媚　闪烁着记下所有的美好

天上几朵云飘　我们忘记了年龄
只记得十八岁那时的笑
人间有多少芳华　就有多少次年少
经历了许多故事　青春才是最美好

你是舞动的春风
你是柔软的柳枝　随着风不停地舞蹈
你是律动的心花怒放
你是我们的骄傲
你是撩起秀发时的回眸一笑

我要把所有的美好送给你
让春天不迟到　让温暖把世界笼罩
让不再年轻的心　从此再也无烦恼

如果

如果　还能做回孩子
我会睡到自然醒
特别是在假期冬日的早晨
醒后也不着急起
打开一本喜欢的书看上几页
再想想昨晚的梦

如果　还能做回孩子
我会用最快的速度完成作业
去和小朋友们一起玩
不一定要当主角
我更想做一个小角色　跟在他们后面
一起说一起笑

如果　还能做回孩子
我会直率地活着　不遮掩　不修饰
痛了就哭　开心了就笑
雪里打滚　泥地里奔跑
和小鱼游戏　与虾儿嬉闹
把柳条做成小帽　手里拿着"盒子枪"
用嘴巴"嘟嘟嘟"开炮

如果　还能做回孩子

我想仔细看看　妈妈年轻时的模样
头发，眼睛和嘴角的微笑
我会当个听话的孩子
认真地听她讲故事
耐心地听她说教
后来的弯路会变得很少

如果　还能做回孩子
我想回到学校
认真学习　再也不捣乱胡闹
再也不欺负同学
再不给同学起难听的绰号
再也不见了女生就跑

如果　已没有如果
那就把它变成一种承诺
让还是孩子的他们
健康快乐地生活

时光易老，记忆永恒

很多时候　还没有准备好
就开始了下一个旅程
即使到光阴转角处　也会有故事不断发生
人生何尝不是一场风景
如果能用真心换一场懂得
就能够左右时光变老
就能让思念不再烦躁

我很幸运在这美好的银雀时代
遇见了您　遇见了你们
一群有激情　一群懂爱的人
让我明白了什么是感动
让我明白了什么是从容

我知道光阴终不会为谁而停留
一旦离开　就再也不会回来
但我深深地明白
有些人　不是不念　而是深陷
有些事　不是不留　而是无憾

有些记忆虽发生在昨天
但无论光阴如何流转
都无法冲刷那些快乐

再遥远的路途　都因为这些细碎的情意
而变得格外温暖

记得开学第一天
您带领着我们
汗流浃背搬动课桌凳的身影
您牵着孩子的手　送给她求学的梦
从孩子纯真的眼里　流露出多彩的世界

记得"莫道桑榆晚，为霞尚满天"
重阳节流泪的画面
前辈们早就盼着这一天
而一晃竟是数十年
相见时双手紧攥
我把你从头到尾一遍又一遍地看
用泪花代替了语言　用拥抱代替了寒暄
思绪伴着菊香飞满了校园
几十年的距离并不遥远
因为我们的心一直相连

还记得　那场与青春之间的拔河
我和您并肩作战
每个人都在拼了命地努力
有时失去一滴　有时得到一点
有时进了一步　有时退后三分
就这样僵持在不到两米的距离

精疲力竭的一刻　我听到了您的呐喊
看到磨去了皮也紧攥着的那双手
看到了坚定的眼神
这也许就是团结的力量

还记得　长跑启动仪式那天
一群名字叫青春的人　踏着朝霞
潇潇洒洒　汗水落在地上　溅起浪花
迈过去　就开始发芽
朝阳的照耀下会长成什么呢
都开心地笑着　谁也不回答
也许是妩媚的你　或许是强壮的他
奔跑吧！让汗水尽情地挥洒
健康的路上　我们一起出发

还记得　温暖全城的那杯暖心茶
秋风送走了绿的过去
却把冬的激情用飞舞的树叶掀起
一杯暖心茶让全城充满了浓浓爱意
看春花秋月　品一杯人情冷暖
这杯茶用辛苦与感动温杯
用幸福与欢笑冲泡
缕缕的茶香　飘荡在你所有的触感里
也许　人与人之间最美的距离
就是一杯热茶的距离
因为　不只是增添了暖意

而是让我们具有了抵抗寒冷的勇气

还记得　领着我们宣誓时的铮铮誓言
还记得　雪中焕华主任那把红色的伞
一站就是许多年　风雨不曾改变
还记得　深夜里李科长指挥车辆潇洒场面
还记得　子明弯腰曲背拍照时可爱的模样
还记得　秀丽夜深人静时体育赛课前一个人的操场
还记得　暑来寒往，密主任带领体育人训练的模样
还记得　赶也赶不走默默加班的长青
还记得　葛大爷的坚守
还记得　你、你们
还记得　菊花香、树叶黄
还记得　竹林里鸟儿下午的鸣唱
因为小鸟是叶子的梦想

原来有一种遇见
可以是和你一起淡淡守望
原来有一种梦想
可以是和您一起慢慢游荡
因为无论你遇到谁
都是生命里该出现的那个人

生命中到底还有多少相遇
透着暖暖的笑意
在渐行渐远的时光里

填补着生命彼此的空白
在万物生长的校园里　花谢花开

人生的路上　有多少遇见
是在这么好的年华里
又有多少遇见能够被我们常常记起
时光易老　记忆永恒
让还算年轻的我们，在这美好时代
奋勇前进

最初的情怀

冬天白日短
人们却把深夜过成了白天
看不见云彩
黑色主宰世界

静静地呆看窗外
用一杯红酒
和自己对白
说说生活，
谈谈遇见和存在

偶尔把蒙眬的双眼睁开
仿佛置身事外
看到了从何处来
看懂了最初的情怀

一份乡愁，一种牵挂
一己之念
却用了数载来明白
日子溜走之后
在某个拐角
我们总会遇到
一个充满爱的世界

好久不见

早就盼着这一天
而一晃　竟是数十年
相见时　你把我的双手紧攥
我把你从头到尾一遍又一遍地看
用泪花代替了语言　用拥抱代替了寒暄

回首多少往事
一点点小心地把记忆碎片串联
轻轻地捧在手指间
秋风一吹　竟把所有的一切
融化在了昨天

还有什么能够抵得住岁月的纠缠
让一个个曾经热血的青年
变得满头银发，步履蹒跚
还有什么不可以看淡
只有时光一直不停地向前
而我们能记住的竟少得可怜

思绪伴着菊香飞满了校园
你来了　我也来了　几十年的距离并不遥远
因为我们的心一直相连
来之前，准备了很多要说的话
当遇见你的那一刻　竟变得哑口无言
只轻轻地说了一声：好久不见

秋日的校园

第一缕阳光透过树枝洒在地上
金子一样，花儿蒙眬地眨着眼睛
看着崭新的一天，呼吸着新鲜空气
静静地展开了畅想

大树下木凳旁，斑驳的树荫
在风中轻轻晃，不时有蝴蝶
轻轻落在你的身上
和你说着她的过往
你认真地听着破茧成蝶的故事
因为会让你一次次成长

鸟儿飞出竹林，立在大树上欢唱
唱着幸福的生活
唱着美好的过往
每一声歌唱都会化成秋天的力量
让听到的人忘记忧伤

静谧的校园如此的漂亮
这里所有的一切聚在一起
就有了一个名字
叫作：家

教师节快乐

多少次季节的轮回
多少个春夏秋冬
你就像红烛燃烧激情　奉献着青春
从不央求青史留名
从不渴求富贵荣生
只是默默地用深情传播着神圣的火种
就像春蚕的一生
许下誓言的忠诚
就像辛勤的园丁
谱写着朝阳下最早的歌声

多少个深夜无眠
多少个伏案的身影
静静地发生
三尺讲台谈笑风生
一波波把孩子送去远方看风景
你用爱拉近了现实与梦想的行程
你用温暖的阳光
融化了冰封太久的知识的迷宫

今天是你的生日，辛勤的园丁！
就用一首珍藏已久的情
化作这首诗歌，送给你
愿你止住时光匆匆
愿你白发不再生
愿你幸福地向着更美的教育前行

虔诚

我愿做一名虔诚的信徒
手捧着沉睡几千年的书
反复去读 抚慰忙碌后的孤独

就是与圣人的交谈
会让自己的心慢慢静下来
渐渐地感觉自己
变成一个纯真的孩子

学会了爱 学会了等待
不为失去而沮丧 不为得到而狂妄
不为离别而感伤
渐渐地变成水一样

生命也许是一只无脚的鸟
只要起飞就不再停落
哪怕山高海阔
生命又像一棵树 只要有根在
就会不停地生长
每天吸收雨露和阳光

书里装的不只有雨露和阳光
更多是传承 是成长 是不会迷茫
是看尽世间最美的风光

带着诗意去远方

浓郁的乡土气息
它崩发在心底
感动的种子
却深深地扎根大地
不断地开出一个又一个花季
每个花季
都是一段记忆
每段记忆
都充满了爱的痕迹

教育如果没有深情的爱
就算你给我全世界
我也会说：不愿意
因为我不知道
我会去哪里？
幸福又会在哪里？

于是，我毅然决定
我带着诗意去远方
去寻找自己。
孩子呀！
我在春暖花开的地方等着你
别着急，慢慢地
慢慢地

第六辑

不忘初心　追梦前行

总有一种人
让我们泪流满面
不是因为别的
只因能够胜利凯旋

总有一种人
让我们记住他们的脸
真实自然
心中爱意却不停泛滥
为了他人把自己改变

也总有一种人
让我们重新认识自己
让我们懂得
什么是得与失，爱与恋
让我们明白
如何去做一个人能今生无憾

他们两个共同的名字
一个叫英雄
还有一个叫春天

我们的爱是一样的

大雪过后，天还很冷
您来了，如春风
带着对孩子们满满的笑容
温暖的爱
让大地饱含深情
吻化了雪，却悄然无声

于是，我们默默耕耘
悄悄种下满院子的春景
就等这一阵风来慢慢唤醒
春是冬融化后的身影
里面储蓄了一季深情

此刻的风　充满了肥沃土壤的气息
温润而丰厚
正积攒足够的力量
让我们彼此都记起
自己也是一个孩子的曾经

虽然，时光流逝
可以让我们心痛
但是记忆深处藏着的爱
却让我们走得这么近

走得这么掷地有声

渐渐地，我知道
没有任何一种忧患
可以阻挡家校间的感情
深深的呼吸，热烈的跳动
没有一种呼喊
可以让冬去匆匆，春来也匆匆
唯有爱不同
可以凝聚滴水成溪流
汇成江海，送来缕缕温情

我想和你说说话

孩子呀，我多想和你说说话
记得你出生时可爱的模样
胖嘟嘟的小嘴巴
眼睛眨呀眨　看见我就乐开了花

孩子呀，我多想你和你说说话
记得你小时候，每次我上班回家
你总跑着推开大门迎接我
让我把你高高举起　多么希望你快快长大

孩子呀，我多想和你说说话
记得你上学时，每次回家
推门就喊爸，进屋就喊妈
手也不洗，就把馒头抓
一边吃着，就把作业完成了

孩子呀，我多想和你说说话
记得你毕业时，我问你要干啥
你毫不犹豫"当兵，保卫国家"
我从你坚定的目光里
看到了志气远大，豪迈潇洒

孩子呀，我多想和你说说话

记得你穿上军装，就要离开家
我送你时你没有哭　我却泪眼哗哗
千言万语汇成一句话
"孩子呀，好好地听党的话！"

孩子呀，我多想和你说说
听听你的梦想　　听听你未来的规划
听听你救人的故事
听听你再给我叫声爸
春天来了，我想陪你看看
咱那漫山遍野的桃花

孩子呀，你回来了！
我们全城人都来迎接你
你却静静地说不出话
我瞬间白了发，站不住了
我想和你一起回家
咱爷俩再好好地说说话

临沂颂

白云蓝天下　涛涛沂河旁
热血沸腾的一片土地上
矗立着一座无比美丽的城
名字唤作——临沂

清澈的水面　白鹭在飞翔　小鸟在欢唱
清洁街道的两旁花园式的洋房
每次打开窗　看到最美的晚霞和朝阳

我爱城市的大街小巷
我爱鲜花盛开、绿草如茵的书法广场
我爱走在阳光沙滩的那般轻松和欢畅
因为有了花草飘香
因为人们悠闲运动健康

幸福地写在人们的脸上
我们把她洗得白净光亮
我们把她当作最贵的衣裳
庄重地穿在身上
走在哪里，哪里都芬芳

这是一座古老又年轻的城市
这是一座历史深厚的城市

这是一座花草飘香的城市
这是一座浪花翻滚的城市
这是一座魅力四射的城市

每个市民干净、勇敢和担当
因为我们心里装着
传承历史文化的重量
因为每一滴城市的光
都折射出市民的素质和涵养

这是一座面朝大海、春暖花开的城市
这是一座舒适整洁、美丽迷人的城市
我们每个人都在自己平凡的岗位上
以不同的方式共同把这座城市擦亮
因为他的名字
叫诸葛亮、王羲之的故乡
因为他的名字
叫红嫂精神源远流长